魔力
不能 7
The power of the saint is all around.
使用周邊
領地的特產，
舉辦美食祭！

聖女
無
做一桌米飯料理！

聖女魔力無所不能
The power of the saint is all around.
7
Author
橘由華
Illustration
珠梨やすゆき
Kadokawa Fantastic Novels

Contents

The power of the saint is all around. vol.7

Character

The power of the saint is all around.

聖

被召喚到異世界擔任聖女的OL小鳥遊聖。由於在治療傷患與淨化魔物方面大顯身手而開始受到各地人們崇拜，導致她最近相當煩惱。開發料理和美容用品是生活調劑。

萊昂哈特

統率克勞斯納領的傭兵團團長。很欣賞擁有優秀藥師本領的聖。

艾爾柏特·霍克

第三騎士團的團長。據說是個不苟言笑的人，甚至被坊間稱為「冰霜騎士」，但在聖的面前卻是……？

藥用植物研究所的所長。很照顧聖，與艾爾柏特似乎是從小一起長大的好友。

宮庭魔導師團的師團長。只要談到魔法和魔力的研究，眼神就會大變。目前對聖的魔力充滿興趣。

藥用植物研究所的研究員，負責指導聖。相當懂得照顧人，親和力十足。常常偷吃聖做的料理。

和聖一樣被召喚到異世界的高中生御園愛良。目前在魔導師團學習魔法。

聖在圖書室交到的朋友，是侯爵千金。非常敬仰聖。

宮廷魔導師團的副團長，艾爾柏特的兄長。雖然沉默寡言，但是位通曉人情世故的人。總是因為尤利而飽受折騰。

第一集故事大綱

Story line

二十幾歲的ＯＬ小鳥遊聖，在加班結束後回到家的瞬間，突然穿越到了異世界。

儘管她是以「聖女」身分被召喚過去的，但這個國家的王子只帶走和聖一起被召喚過來的可愛女高中生——御園愛良，把聖留在召喚室裡。

後來，雖然幾經波折，但由於不知道回去日本的方法，聖於是決定開始在藥用植物研究所裡工作。

聖早已察覺到自己就是「聖女」，卻仍選擇隱瞞身分，過著平凡人的生活。

然而，聖的能力太過厲害，在做藥水、下廚和製作美容用品等各方面都讓人們大為驚嘆。

她做出來的上級ＨＰ藥水救了第三騎士團團長——艾爾柏特的性命，並以此為開端，引發各式各樣的奇蹟。

於是，「聖．小鳥遊會不會才是聖女……？」的傳聞在王宮傳開了。

第二集故事大綱

Story line

儘管聖答應了宮廷魔導師團的傳喚，但暫時逃過一劫，沒將「聖女」的身分暴露出去。

她開始接受宮廷魔導師團師團長尤利・德勒韋思的斯巴達式指導，日子過得既忙碌又充實。

然後，不知是拜特訓所賜，抑或出於偶然，金色魔力再次引發奇蹟，眾人越加懷疑她就是聖女。

但第一王子凱爾否定這樣的懷疑，固執地相信和聖一起被召喚過來的愛良才是「聖女」。

直到聖參與魔物討伐之後，周遭的人們才確定她便是「聖女」。

第三騎士團團長艾爾柏特遭逢危機之際，聖使用金色魔力，瞬間淨化湧現魔物的黑色沼澤。

結果，斷定聖是假聖女的第一王子凱爾被處以禁足的處分。

原本來到異世界之後，只有凱爾可以依靠的愛良，也趁此機會與聖還有學園的朋友建立交情，獲得了平穩的生活。

第三集故事大綱

Story line

由於聖發動了帶來奇蹟般效果的金色魔力，終於被認定是真正的聖女。但是，她依然不曉得什麼情況下才能發動「聖女的魔力」。

就在此時，她接到了前往藥草聖地遠征的委託。她不僅成為藥師的弟子，還獲得傭兵團長的賞識，也會下廚做類似藥膳的料理招待其他人。當她一邊享受遠征的生活，一邊努力製作藥水之際，竟發現與前任聖女有關的手札。以這本手札為線索，她終於知道該如何使用「聖女的魔力」，然而發動條件卻是「想著霍克團長」，讓她羞恥到無法告訴其他人……！

不過，在順利學會使用「聖女的魔力」之後，她也即將隨著騎士團及傭兵團一同前去調查森林。

第四集故事大綱

Story line

知道如何發動「聖女的魔力」後，聖前往珍貴藥草叢生的森林進行調查。

在以力量為傲的騎士團與傭兵團的護衛之下，她安心地在森林中前進，結果遇到了不怕物理攻擊的魔物「史萊姆」！

聖一行人在苦戰中想辦法突破包圍網後成功撤退，只是依然苦於不知如何應付性質相剋的敵人。就在這時，宮廷魔導師團的師團長尤利與愛良趕來助戰！

在強力的援軍登場後，聖等人順利淨化掉森林，克勞斯納領恢復了安寧。

聖和愛良在慶功宴親自下廚招待大家，與傭兵團之間的交情也更加深厚，一切都圓滿收場！

不過，聖心中還記掛著一件事。那就是森林在遭到史萊姆肆虐後，只剩下一片枯萎荒涼的慘狀。於是她利用「聖女的魔力」，成功讓森林奇蹟似的重生！

就這樣，聖一行人完成所有目的之後，儘管對於離開這裡感到依依不捨，還是不留一絲遺憾地返回了王都。

第五集故事大綱

Story line

從藥草聖地克勞斯納領回來後，聖收到了對方用來答謝的珍貴藥草與種子。她用這些謝禮來開發新款美容用品。聖的配方所製作出來的美容用品深受廣大女性族群喜愛，每推出新商品必造成搶購風潮。此外，在周遭人們的建議下，終於決定要成立聖自己的商會。聖與負責管理商會的奧斯卡等人前去視察開在王都的新店鋪之際……竟然邂逅了來到這個世界後就未曾見過的「咖啡」！

聖對船來品產生興趣後，便開始尋找日本食材。去貿易興盛的港口城鎮或許會有新發現……聖滿心期待地出發，但還沒找到食材，倒是先撞見了一場風波。來自異國的船長為了治療受傷的船員而四處尋找魔導師，聖遇到他便好意提供了自己做的藥水……結果那個異國的食材正是她要找的！重遇再熟悉不過的味噌和米，聖簡直開心得不能自己。

第六集故事大綱

Story line

王宮來了位來自國外的留學生，前來留學的是「迦德拉」這個國家的皇子。聖得知消息，內心不禁冷汗直流。

因為她之前在港都幫助的船長，就是迦德拉的國民。

雖說是為了救人，聖猜想：把市面上沒有販售的個人特製效果增強五成上級藥水送給對方，是不是惹出了什麼麻煩……然而皇子只是想學習斯蘭塔尼亞王國的知識，他的目的並非「聖女」。

為了以防萬一，聖在皇子要造訪的日子都會避免踏進藥用植物研究所，但是他們還是不小心碰面了……！

透過與皇子的對話，聖發現他在尋找能治療母妃疾病的藥物。於是聖活用在日本學到的知識，成功做出能治療所有異常狀態的萬能藥。最後在隱瞞製作者的情況下，順利將萬能藥交到了皇子手中。

第一幕 出發

「聖，有妳的包裹喔。」

「謝謝你，裘德。」

我在研究所做要賣給騎士團的藥水時，裘德抱著一個箱子從門口探出頭。

他之後好像還要去其他地方，把要給我的包裹放在門口附近的桌上後，立刻轉身離去。

我對著他的背影道謝，在工作做到一個段落時停下手，打開箱子。

包裹裡頭是陌生的藥草、種子，還有一封信。

寄件人是克勞斯納領領主的專屬藥師柯琳娜女士。

以季節問候語起頭的那封信上，寫著令人驚訝的消息，害我忍不住大叫：「真的嗎！」

正好經過門前的所長好像聽見了我的驚呼聲。

於是他停下腳步，往我這邊走來。

「怎麼了？」

「啊，是柯琳娜女士。」

「柯琳娜……是那位克勞斯納領的藥師嗎？」

「是的。」

我因為太興奮的關係，根本沒回答到所長的問題，所長用手勢叫我冷靜下來。

因此我稍微鎮定了一些。

「所以，她怎麼了？」

「她說她成功栽培出藥草了。」

「藥草？這個嗎？唔，這是！」

知道我為何驚訝後，所長也跟著睜大眼睛。

跟信一起寄過來的，是柯琳娜女士栽培成功的藥草。

看來所長也知道那種藥草非常珍貴。

他一看見就啞口無言。

這也不能怪他。

我收到的東西據說是非常難在野外發現的藥草。

也是克勞斯納領曾經種過，卻在不知不覺間停止繼續栽培的藥草。

這次柯琳娜女士成功栽培的藥草，是最上級ＨＰ藥水的材料。

「她、她成功種出來了嗎？」

「好像是。我之前也挑戰過，可惜還種不出來。」
「什麼？妳也試過？」
「咦？我沒說過嗎？」
「沒……不對，妳說過……」
所長馬上否定，不過話講到一半似乎又想起來了，於是他沮喪地垂下肩膀。
這陣子所長很忙，八成是因為這樣，他才忘記我向他報告過這件事。
偷偷說一下，我還以為肯定是我忘記講，讓人捏了把冷汗。
至於那種藥草，栽培條件在以前的「聖女」兼「藥師大人」留下的日記中有記載。
然而在同樣的條件下卻種不出來，不曉得是不是時間因素所致。
為此柯琳娜女士和我才決定調整栽培環境，再次挑戰將它種出來。
「竟然要栽培它嗎……」
「很厲害耶。不愧是藥師聖地。」
所長之所以垂頭喪氣，應該不只是因為疲憊。
以為不可能種得出來的藥草由自己以外的人成功栽培，為此感到不甘的心情也占了一部分的因素。
別看他這樣，所長也是栽培藥草的狂熱分子喔。

而且我也一樣感到不甘心。

同時也覺得高興。

因為成功栽培出那種藥草，代表以後就能大量生產了。

「妳好像很高興。」

「對呀。這樣就能做我一直想做的藥水了。」

「藥水？」

「是的。最上級ＨＰ藥水。」

之前材料一直不夠，因此無法製作最上級藥水。

如今能量產材料，代表做得出來了吧。

而製作藥水所需的另一個要素——製藥技能，也已經提升到能做最上級藥水的等級了。

「等一下、等一下。妳做得出來嗎？」

「柯琳娜女士說我的製藥技能等級夠了。」

不製作難度與等級相應的藥，製藥技能的等級就無法提升。

不過，只要做下級藥水把等級提高到極限，就能製作中級藥水。

同樣地，將等級提高到中級的上限就做得出上級的藥，提高到上級的上限就做得出最上級的藥。

而我已經靠製作上級ＨＰ藥水，把製藥技能的等級提升至上限了。

所以最上級藥水也做得出來。

可是，我在這個階段遇到了瓶頸。

因為我找不到比上級ＨＰ藥水難度更高的藥水配方。

就在這時，克勞斯納領的柯琳娜女士分享了她的祕傳配方給我。

拜此所賜，一度停止成長的製藥技能等級又開始提升了。

只是極限依然存在，我的製藥技能等級再度陷入停滯。

對這樣的我而言，這個好消息非常值得高興。

畢竟只要能做最上級ＨＰ藥水，就能繼續提升等級。

問我有必要把等級提升到那麼高嗎？

世上無奇不有，既然有那個機會，等級當然是越高越好。

我習慣把一件事鑽研到極致也是原因之一啦。

「原來妳的等級這麼高了……呃，可是材料……」

「有柯琳娜女士送的份，而且我想在研究所（這邊）也種種看。」

「在這邊種？妳又還沒成功種過。」

「是沒錯，不過她有在信裡寫下栽培條件……」

栽培成功確實令我嚇了一跳，但讓我更驚訝的是信上還記載了栽培條件。
這裡和克勞斯納領的氣候跟土壤都有所差異。
儘管如此，信上的內容依然是非常有用的情報。
所長當然也知道這個情報有多珍貴。
因此他再度啞口無言。
「然後，她好像想要我做出來的最上級ＨＰ藥水，好拿來做研究。」
「這、這樣啊……」
「我可以給她嗎？」
「我想想……以現有的材料來看，妳做得出多少瓶？」
「不知道耶。我從來沒做過，不清楚成功率有多高。」
「那給他們三分之一的量好了。剩下的留在我們這邊做研究和進貢給王宮。」
「王宮也要嗎？」
「對啊。因為很久沒人做得出最上級藥水了。」
連聚集在藥師聖地的藥師們都沒人有能力製作最上級藥水。
我不知道上次有人做出最上級藥水是多久之前的事，不過再度出現做得出最上級藥水的人，似乎是足以通報王宮的壯舉。

藥草本身也是珍貴的物品，需要留一些下來。
但所長允許我製作最上級ＨＰ藥水了。
在我跟他討論要留多少藥草時，一名研究員走進房內。
他疑似有事找所長，直接往我們這邊走來。
「不好意思，打擾兩位談話。有王宮的使者來訪。」
「王宮的使者？有什麼事？」
「好像是想找所長和聖。對方說詳情會直接跟你們談，現在在接待室等你們。」
「知道了，我們馬上過去。」
王宮找我們？
到底有什麼事？
我毫無頭緒。
所長也一臉疑惑。
既然如此，只能親自去問那名使者了。
於是我和所長一同前往王宮使者所在的接待室。

◆

王宮派使者來的隔天。

我和所長來到國王陛下的辦公室。

聽說是要跟我們談迦德拉的事。

儘管聽說詳情會由王宮使者直接跟我們談，結果我們獲得的資訊只有這一條。

詳情啊……

跟迦德拉有關的話，我想得到的只有天宥殿下和萬能藥。

天宥殿下的母親是皇帝的側室，長期臥病在床。

他來斯蘭塔尼亞王國留學的目的，就是為了尋找幫母親治病的藥。

聽聞症狀後，現有的藥物無法對症下藥，我便發明了萬能藥。

萬能藥是我跳脫窠臼做出來的藥，完全沒用到半株藥草。

材料是用「聖女的法術」培育的蘋果，以及從蘋果花採集的蜂蜜。

在我懵懵懂懂地研發藥物時，團長從領地帶了蜂蜜回來當土產，給了我靈感。

我想起原本的世界中，蜂蜜據說有能治百病的功效。

同樣地，還有「一天一蘋果，醫生遠離我」這句諺語。

我想看看把能治病的東西加在一起會怎麼樣，於是試做了藥水，結果大成功。

萬能藥順利製造出來了。

如名所示，它能解除所有異常狀態，不論症狀。

遠比平常用的異常狀態解除藥水來得有效許多。

因此，萬能藥暫時交給王宮保管。

儘管是我好不容易做出的萬能藥，但要不要給天宥殿下，必須交給國王陛下他們判斷。

幸好我白擔心了一場，聽說萬能藥在隱瞞製作者的情況下，由國王陛下交給天宥殿下。

但藥送到天宥殿下手中的過程，以及是否有讓他的母妃喝下則不得而知。

難道是要跟我們講這個？

再怎麼猜測，也只不過是我的想像。

我想說反正到時應該就會知道，昨天答應赴約後，就請使者回去了。

「歡迎兩位。請坐。」

宰相也在陛下的辦公室。

我聽從陛下的指示，跟所長並肩坐到沙發上。

陛下在我們入座的同時揮了揮手，待在室內的侍者和騎士們便統統離開了室內。

等到只剩陛下、宰相、我和所長四人時，宰相開口說：

「今天請兩位來，是想跟你們商量迦德拉送的謝禮。」

迦德拉送的謝禮？

萬萬沒想到的內容使我心中冒出一個問號，宰相感覺到我的疑惑，於是為我說明。

據他所說，迦德拉在兩天前送了謝禮過來。

東西當然是天宥殿下送的，目的是想感謝我們突然同意他過來留學，以及讓他認識許多知己。

禮物全都跟天宥殿下留學時去過的研究所及認識的人有關。

例如和迦德拉的治水工程及農作物有關的書籍、在迦德拉開採的礦石及寶石等。

由於有一定的量，王宮決定將這些東西賜給各個相關單位。

藥用植物研究所也不例外，收到迦德拉特有的藥用植物種子及芽苗。

「這就是賞賜品的一覽表。」

「請讓我看看。」

所長從宰相手中接過一覽表，看著看著，兩眼毫不掩飾地綻放光芒。

我從旁邊偷看了一下，忍不住瞪大眼睛。

我瞄到的那個植物名，不是天宥殿下說連在迦德拉都鮮少見到的東西嗎？

當時在旁邊聽見這段對話的所長說過他想親眼觀察看看。

既然那種植物也包含在內，難怪所長會忘記控制表情。

「還有，這是要另外給聖小姐的。」

「給我的嗎？」

正當我想再看一遍所長手中的一覽表，確認有沒有其他罕見植物時，宰相對我說。

聽見有要給我的東西，我漸漸明白自己被傳喚至此的理由。

如果跟一開始說得一樣，只是要送東西給藥物植物研究所，找所長一個人來就夠了。

所以我才有點疑惑，為什麼會叫我過來。

「是的。因為聖小姐提供了萬能藥。」

萬能藥表面上是陛下送給天宥殿下的。

也沒告訴他製作者是誰，因此如果天宥殿下的禮物同時是萬能藥的謝禮，照理說會送到陛下那邊。

人家都說這是萬能藥的報酬了，我可以收下嗎？

宰相臉上帶著溫柔的笑容，而不是平常具有威嚴的表情，看不出還有其他意圖。

他大概是發現我在煩惱，補充說明要給我的東西是文具等日用品。

日用品的話，收下來也沒關係吧？

我將視線從宰相移到所長身上，向他確認是不是可以收下，所長神情嚴肅地點了點頭。

看到所長點頭，我表示願意收下，宰相說禮物會在隔天跟研究所的份一起送過來。

隔天下午。

王宮送東西來了。

看見放在倉庫的種子及芽苗，我和其他研究員們一起興奮得歡呼。

打開記載培育方法的書籍，決定什麼時候要開始種，又要種在什麼地方。

跟研究員熱烈討論一番後，我回到自己的房間。

因為我剛才請研究所的雜務人員把給我的包裹送到房間。

聽說是日用品，到底是什麼呢？

宰相說是文具，搞不好是產自迦德拉的紙張。

我從天宥殿下口中得知，迦德拉的造紙業也很發達，還會製造「料紙」這種用染料上色、印上圖案的漂亮紙張，所以有點期待。

我興奮地回房，看見桌上堆滿大大小小的盒子。

除了普通的木盒外，我發現裡面混入一個黑色盒子，不禁盯著它看。

很久沒看過這種盒子了，如果我沒看錯，那是不是漆器呀？

儘管有股不祥的預感，我還是走近桌子確認，然後覺得頭痛起來。

如我所料，那個黑盒子是漆器。

雖然遠看看不出來，側面有植物圖案的立體雕刻。

不僅如此，邊緣還用金銀粉在雕刻上貼出花紋。

蓋子更豪華。

花紋中有發出虹光的部分。

沒錯，甚至還將貝類磨成薄片鑲嵌在表面。

過於豪華的盒子使我忍不住望向遠方。

這個盒子是什麼？

以書箱來說太大了。

既然是文具，是文件收納盒之類的東西嗎？

想不到其他用途。

總之，盒子的用途之後再想吧。

先把禮物全檢查過一遍再說。

為此，我拿起確認完畢的書箱（暫定）移開它，然後覺得不太對勁。

比想像中還重。

我感到疑惑，於是打開蓋子，裡面裝的是一整組茶具。
簡單的純白陶器，形狀卻很有趣。
茶壺跟斯蘭塔尼亞王國主要用的不一樣，茶壺本身和把手都有稜有角。
此外茶杯也很小，沒有把手。
比起茶杯，看起來更像一個碗。
而且跟喝中國茶用的杯子很像。
我有點想起日本，心生懷念，拿起一個茶杯觀察。
然後發現上面有淡淡的圖案。
雖然淡到不定睛凝視就看不出來，上頭確實畫著蓮花。
仔細一看，茶壺也有同樣的圖案。
感覺好高級。
「喔，妳在拆禮物啦？」
「啊，所長。」
在我看茶杯的圖樣看得出神時，有人從沒關上的房門後方向我搭話。
轉頭一看，便發現所長站在那裡。
他似乎是好奇給我的包裹裝了什麼，於是跑過來看。

「都是些什麼？」
「聽說是文具，可是還有其他東西……」
我這麼說然後遞出手中的茶杯，所長走進房內。
確認所長接過杯子後，我才繼續開口。
「這是？」
「大概是茶杯。仔細一看還有圖案，好漂亮。」
「噢，真的耶。我從來沒看過用這種方式把圖案畫上去的器具，好厲害的技術。」
所長的感嘆使我心裡毛毛的。
厲害的技術？
「這個技術很厲害嗎？」
「難道不是嗎？這可是萬能藥的回禮。」
「萬能藥的……」
「對啊，這東西可是用來交換一國王家珍藏的藥水，不會差到哪裡去吧。」
「意思是它非常昂貴嘍？」
「嗯，應該吧。」
「啊——」

不祥的預感成真，使得我當場抱頭蹲在地上。
嗯，我想也是。
所長說得沒錯。
怎麼可能拿一般用具作為王家珍藏藥物的代價。
嗚嗚，宰相明明跟我說是日用品……
所長好像在聽見宰相那句「因為聖小姐提供了萬能藥」時，就猜到我會收到昂貴回禮的樣子。
因此我對他使眼色的時候，他才面色凝重地點頭。
既然他知道，不能事先告訴我嗎？
但我也明白，所長不可能當著宰相的面叫我拒絕。
到頭來，問題還是在最後決定收下的我身上。
真不該相信宰相當時的笑容……
以後小心點，別因為他的笑容而大意吧。
面對這麼貴的禮物，我如此下定決心。

◆

王宮庭園的涼亭響起銀鈴般的笑聲。

發出笑聲的是可愛得連身後嬌豔的繁花都相形見絀的莉姿。

最近我們常常找愛良妹妹一起喝茶聊天，不過愛良妹妹這次沒空。

因此，今天是久違的雙人茶會。

「被戈爾茨大人反將一軍了呢。」

「真的……」

莉姿笑著說道，我回以軟弱無力的聲音。

我們在聊前幾天國王陛下賞賜的迦德拉回禮。

戈爾茨大人是指宰相，我在跟莉姿抱怨他明明跟我說是日用品，收到的東西卻比想像中昂貴。

除了做工精緻的茶具組外，還有我之前就想要的美麗料紙、刻著精細龍雕刻的白色文鎮、同樣刻著花草的透明筆架，以及鮮豔又光澤亮麗的布料等。

這些稱之為日用品或許沒錯，可是都是些平常拿來用會很浪費的物品。

文鎮的顏色像象牙，筆架像是用水晶做的，大概是我的錯覺。
如果是真的，對精神衛生不太好，希望是錯覺。
「這個茶壺也是妳收到的禮物之一吧？」
「對呀。乍看之下只是純白的陶器，仔細觀察就會發現上面有花紋。」
今天用的茶壺也是來自迦德拉的禮物。
是我拆開王宮送來的包裹時，最先拿起的茶具組附的茶壺。
人家難得送禮物給我，於是我今天馬上就拿來茶會上使用。
我的禮儀講師說，這種昂貴又罕見的用具初次亮相時，好像需要遵循相應的形式。
今天的茶會雖說是私下舉辦的，參加者可是侯爵千金，而且還是王子的未婚妻。
因此將這場茶會拿來當迦德拉禮物的處女秀，應該沒問題才對。
講師知道了也一定不會罵我……應該吧。
「哎呀，真的。形狀也好稀奇。」
「妳也這樣覺得啊？我也很喜歡它的形狀。還有附茶杯，形狀同樣很特別。」
「長什麼樣子？」
盒子裡還裝著茶杯，跟斯蘭塔尼亞用的茶杯不同，是沒有把手的款式。
突然拿用不習慣的杯子給人家也不太好，因此我這次刻意只使用茶壺。

聽見莉姿的疑惑，隨侍在旁的侍女遞出放在托盤上的茶杯給我。

向侍女道謝後，我接過杯子放到莉姿面前。

「就是這個。」

「沒有把手呢。」

「沒錯。我怕突然改用這個茶杯，妳會不知道怎麼拿，才決定今天不要使用。」

「原來如此。謝謝妳這麼貼心。話說回來，竟然沒有把手……那要怎麼用呀？」

「我猜是把茶倒到六分或七分滿，像這樣拿茶杯的上半部。」

「妳知道怎麼用呀？」

「日本也有類似的茶具，我只是猜的。說不定在迦德拉的用法完全不同。」

講到這邊，我將手中的茶杯交給旁邊的侍女。

因為一直放在手邊，感覺會不小心摔破它，覺得很恐怖。

莉姿看見侍女接過杯子，接著抬起手。

以此為信號，待在附近的侍女及護衛騎士按照慣例紛紛退下。

他們的動作還是一樣整齊呢。

我在內心讚嘆，同時納悶莉姿為何要支開其他人。

「我想之後妳就會知道它在迦德拉的用法了。」

「這是什麼意思？」

斯蘭塔尼亞王國和迦德拉開始定期交易，交易規模正在逐漸擴大。

因為除了我的商會以外，其他商會也在跟迦德拉進口各種商品。

只要交流頻率像這樣增加，文化交流自然也會變多。

杯子用法等相關禮節遲早也會傳入這個國家吧。

然而，莉姿的言外之意卻在暗示我會以其他方式得知。

她特地說出口，應該就是這個意思。

而且還是在其他人退下後才開口。

我有點害怕知道答案，最後還是因為好奇的關係，不小心問出口。

「這是尚未公開的消息，其實陛下決定要派使節團去迦德拉。」

「使節團？」

「是的。聽說有許多間研究所表示想到迦德拉留學。」

天宥殿下送的禮物中，包含許多迦德拉的書籍。

那些書由王宮賞賜給各相關設施，上面記載了許多有用的知識。

拜書上的情報所賜，原本遇到瓶頸的研究又開始有所進展，因此最近各間研究所都相當活躍。

能透過書籍學到的知識是很多沒錯，不過若有辦法當面和迦德拉的研究員討論，是不是會更有收穫？

研究員們拿著書如此心想。

尤其是視察時和天宥殿下聊過天而得到啟發的人，對於這個念頭似乎又更加強烈。

於是他們向國王陛下陳情，希望能有到迦德拉學習的機會。

「哦～然後就決定派使節團過去啦。」

「陛下好像也覺得到迦德拉學習，應該會給研究員帶來正面的影響。」

的確。

莉姿說得沒錯，跟並非專業人士的天宥殿下交流，也帶給藥用植物研究所的研究員不錯的啟發。

若對象換成專業人士，效果一定更好。

「這樣的話，每間研究所都會派人參加嗎？」

「我想應該是。」

我們也會派人去嗎？

我也想去看看，可惜上頭八成不會允許。

雖然最近沒接獲發現黑色沼澤的報告，不過各地的魔物好像還是比平常多。

希望情況穩定下來後，可以去迦德拉一趟。

我邊喝紅茶邊思考著這些事情，這時莉姿開啟了一個出乎意料的話題。

「那個使節團決定由凱爾殿下擔任大使。」

「咦？第一王子？」

「是的，就是那個凱爾殿下。」

我驚訝得忍不住重新確認，看來確實是我腦中最先浮現的那號人物。

來自迦德拉的使節團是由皇子殿下帶領。

既然如此，我們這邊的使節團也該由王子帶領最為適合。

可是，莉姿不介意嗎？

聽說莉姿和凱爾殿下本來打算在莉姿畢業後立刻結婚。

如果要按照計畫進行，距離結婚剩不到一年。

就算把移動時間也包含進去，天宥殿下在這邊留學還不到一年，然而那是因為發生了異常狀況。

這個世界去國外留學通常都要花一年以上的時間。

假如要帶領使節團前往迦德拉，我不認為凱爾殿下有辦法如期跟莉姿結婚。

這麼一來就代表婚禮會延期嘍？

即使畢業了，莉姿也才十五歲而已。

以日本的觀念看來，延期個一兩年也不成問題……

我不小心陷入沉思，閉上嘴巴，四周鴉雀無聲。

莉姿看起來毫不介意這種氣氛，端起茶杯送到嘴邊。

接著，或許是察覺到我在思考的問題，莉姿開口為我解惑。

「這也是尚未公開的消息，我要跟凱爾殿下解除婚約了。」

「咦？」

她面不改色地扔下第二顆炸彈。

解除婚約？

為什麼？

這件事很重要吧？

我為太過突然的發言大吃一驚，卻只有我一個人不知所措。

當事人莉姿臉上依然掛著淺笑，一如往常。

「之後要忙起來了呢。畢竟短期內茶會的邀約可能會變多。」

「妳擔心的是這個啊！應該說，茶會的邀約會變多是什麼意思？」

「對呀。應該會有不少人想介紹自己的兒子或兄弟給我認識。」

我想不通解除婚約和茶會的關聯性而顯得一臉疑惑，於是莉姿為我說明。

由於她尚未成年，儘管無法參加晚宴，白天的社交活動倒是能參加。

在白天主要的社交活動——諸位婦人舉辦的茶會上，參加者會不著痕跡地幫自己的兒子或兄弟說好話。

似乎是想推薦他們當莉姿的結婚對象。

順利的話，接下來就會召開聚會，正式介紹兒子或兄弟給莉姿認識。

我個人覺得剛解除婚約就介紹對象給人家很奇怪，不過在這個世界好像很正常。

我還在學習這個國家的風俗民情，因此身為前輩的莉姿既然都這麼說了，那麼應該不會有錯才對。

而且，不愧是被選為王子未婚妻的人，莉姿的外表、內在以及家世都無可挑剔，是個很好的對象。

考慮到她是因為太搶手，其他人才爭先恐後跑來示好，就隱約可以理解。

雖然這樣想很現實啦。

「儘管我習慣社交場合了，但還是有點麻煩呢。」

「嗯，對呀。我大概能體會。」

我試著想像了一下，的確覺得很麻煩。

聽素未謀面的人的優點還能接受。
但要在茶會期間聽人滔滔不絕地述說就有點問題了。
可能會因為要一直陪笑，導致臉部肌肉痠痛。
「別以為這件事與妳無關喔。」
「我……」
「妳可是比我還受歡迎呢。」
「跟我沒……」
「有關係。」
我正想說「跟我沒關係」，莉姿便立刻插嘴反駁我。
之後也一樣，我一想否認，她就會故意打斷我說話。
看見莉姿難得露出像在惡作劇的笑容，我臉頰抽搐了一下。
「妳的亮相典禮辦完了，最近工作也穩定下來了不是嗎？之後受邀參加那類活動的頻率應該會變高吧？」
「那類活動是指茶會嗎？」
「妳的話晚宴也有可能。」
「咦──」

聽見晚宴一詞，我不由得發出嫌棄的聲音，莉姿呵呵輕笑。

然後，她像是要給我最後一擊似的說：「搞不好王宮已經收到大量邀請函了呢。」

我很想說沒這回事，然而數日後我得知事實正是如此。

事情發生在所長把我叫過去的時候。

幕後

天宥住的離宮位於迦德拉王宮的不遠處。

王宮裡本來有他的房間，基於某些原因，天宥才搬到離宮。

王宮內仍留有他用來工作的辦公室，天宥卻在離宮也蓋了間辦公室。

這些全是為了陪伴罹患不明疾病，生命如同風中殘燭的母親。

午後柔和的陽光照進離宮的辦公室，笑聲乘風而來。

聽見那陣笑聲，天宥停下正在書寫文件的手。

聲音的主人是天宥的母親。

她應該是在跟侍女聊天。

連辦公室都聽得見她的聲音，代表她正在離宮的中庭喝茶吧。

天宥想像起母親愉快的模樣，揚起嘴角。

「她變得很有精神呢。」

「嗯。可能是因為之前那段時間都躺在床上，身體雖然還不太能自由行動，但已經可以去中庭了。」

在旁邊跟他一起處理文件的隨從看見天宥的表情，跟著露出笑容。

他們在說的是天宥的母親。

身為從小侍奉天宥的隨從，他當然知道天宥的母親長期臥病在床。

「那個藥有效真的太好了。」

「是啊。」

天宥一邊點頭，一邊回想起找到侍從說的「那個藥」的過程。

◆

在迦德拉，庶民基本上是一夫一妻，皇帝及貴族則是一夫多妻。

地位越高，妻子越多，據說皇帝甚至有數千名妻子。

然而，關於皇帝的妻子數量眾說紛紜，也有人說用來給妻子住的後宮中的女性，全部都會算進皇帝的妻子之中。

現任皇帝和歷代皇帝比起來，妻子的數量比較少。

即使如此，後宮還是住著數百名女性。

妻子數量一多，子嗣的數量自然也會增加。
現任皇帝的小孩，男女加起來超過四十人。
其中一人就是第十八皇子天宥。
迦德拉只有男性有權繼承皇位，不過天宥前面有十七名兄長，皇位繼承順位排在後面。
再加上他的母親是低階貴族的女兒，出身於無權無勢的家庭。
她現在雖然是排行第七的側室，原本的地位卻沒那麼高，是生下天宥後才有所提升。
所以，就算天宥是第一皇子，繼承順位想必也不會高到哪裡去。
不僅如此，連活不活得下來都很難說。
因為無力的女性懷上男嬰的時候，母子都會憑空消失，此乃後宮常理。
或許是因為在這種環境下長大的關係，天宥成了不太會彰顯自我存在的個性。
他的智慧足以在皇子中名列前茅，明顯表現出興趣的卻只有算數和自然科學方面。
對於政治，他表現得毫無興趣。
這就是天宥的處世之道。
太引人注目會危及生命。
母親再三嚴厲叮囑過他，但看到其他後宮成員，天宥自然而然就學會了這件事。
他的做法似乎是正確的，儘管曾經遭遇危險，隨著年紀增長，注意天宥和他母親的人也越來越少。

天宥開始埋頭研究藥草及醫療，起因在於母親病倒了。

如前所述，天宥的母親地位並不高。

因此即使生了病，她也得不到和皇帝及皇帝的正室皇后同等的悉心照顧，只能接受減緩惡化速度的治療。

但是，治不好病的原因不只她的地位。

天宥母親的症狀是體力逐漸衰退，四肢慢慢失去行動能力。

這種症狀史無前例，連治療法都沒人知道，而這才是最主要的原因。

攜手在暗潮洶湧的後宮內存活下來的天宥及母親之間，有著牢固的羈絆。

就算醫師都宣告沒有有效治療法了，天宥依然無法對母親見死不救。

於是，他開始自己尋找有效的治療法。

要找到從來沒人聽過的疾病的治療法實在難如登天。

即使看過所有迦德拉宮殿和皇宮裡的書籍，他也找不到半點線索。

然而，事關無可替代的母親的性命，天宥並未放棄調查。

在調查資料的過程中，他判斷自己一個人的力量有限，便在不會被其他後宮成員盯上的前提下增加部下的數量。

皇帝允許天宥和母親搬到離宮，也正好是在這個時候。

雖說是以搬遷為名義的隔離，少了其他耳目讓天宥的行動變得比待在後宮時更加自由，對他來說這樣正好。

無奈別說治療法，他連症狀與母親相同的疾病情報都查不到。

母親的病情終於嚴重到連床都下不了，於是正當他準備放棄時，其中一名部下提供了一則情報。

最近開始跟迦德拉有商業往來的斯蘭塔尼亞王國存在優秀的藥師。

「您怎麼了嗎？」

「啊，沒有。只是看到有點不敢相信的情報……」

天宥拿著部下的報告書發呆時，疑惑的隨從開口呼喚他。

他回過神來，將報告書的內容告知隨從，隨從也跟天宥一樣驚訝。

「市井中有做得出上級藥水的人？」

「上面是這樣說的。」

天宥和隨從一時之間都無法相信報告書上的內容。

這則情報以迦德拉的常識來看，就是如此難以置信。

可是，報告書上寫著部下從平民手中拿到藥水，並且成功用那瓶藥水治好了骨頭粉碎的雙腳。

上面還寫著在收到那瓶藥水前，已經讓傷患喝下好幾瓶藥水。

考慮到這一點，能一下就將雙腿粉碎的骨頭治好的藥水，怎麼想都只有上級ＨＰ藥水。

「如果這份報告書所寫的是事實，製作者確實可能在市井之間……」

隨從從天宥手中接過報告書閱讀內容，神情依然凝重。

報告書上拿平民持有上級ＨＰ藥水作為根據，判斷製作者在市井之中。

乍聽之下，會認為這個判斷是正確的。

但平民真的有辦法取得如此珍貴的藥水嗎？

天宥和隨從在意的都是這部分，對於製作者在市井之中的推論抱持懷疑。

有那個能耐的，他只想得到背景雄厚的大商人，或是手下有優秀藥師的商人本人；然而根據報告者的說法，他找不到符合這個條件的商人。

（那個人真的是平民嗎？）

天宥看著報告書，腦中忽然閃現不同的想法。

根據他的猜測，藥水的持有者其實不是平民，而是扮成平民的貴族。

迦德拉和斯蘭塔尼亞開始有商業往來是不久前的事。

儘管如此他還是知道：

貴族打扮成平民走在路上的可能性，遠遠高出路上有做得出上級藥水的平民。

（假設對方是貴族，藥水來源就是商會……或者王宮？）

在迦德拉，做得出上級藥水的藥師全都侍奉於皇帝。

所以有能力取得上級藥水的，只有皇族或高階貴族。

他無法判斷斯蘭塔尼亞王國是否亦然，但認為情況或許差不多。

根據迦德拉的常識和斯蘭塔尼亞王國的些許情報，天宥下達判斷。

對母親而言最好的做法是將藥師請到迦德拉。

既然藥師在市井之間，應該也可以重金禮聘對方到迦德拉的皇宮。

可是對方若是在斯蘭塔尼亞王國工作的藥師或貴族，就有難度了。

因為就算我方承諾給予優渥的待遇，很少有人會選擇在語言不通的外國生存。

如果對方是重度的藥草迷，倒有可能被只有迦德拉才有的藥草吸引過來……

除了聘請，還有其他選擇。

例如向斯蘭塔尼亞王國的藥師收集情報。

不管是哪個國家，優秀的人才都會聚集在王宮等中心地帶。

身為王宮裡的藥師，大概會很了解斯蘭塔尼亞王國的各種藥草及疾病吧？

在迦德拉查不到的資料，或許在斯蘭塔尼亞王國可以查到什麼線索。

可是商會也就罷了，要部下跟王宮的藥師接觸，可能有點難度。
那麼，該如何是好？
經過百般思考，天宥決定去斯蘭塔尼亞王國留學。
之後他便迅速採取行動。
跟各單位商量，以驚人的速度試探去斯蘭塔尼亞王國留學的可能性。
後宮成員隨時都在注意可能構成阻礙的人物。
天宥的辦事速度快到被盯上都不奇怪。
可是那些人卻沒有對天宥及母親出手。
因為皇帝也支持他去留學。
似乎是在期待天宥從國外帶回新的技術。
就這樣，由皇帝一手安排的留學之旅很快就做好準備。
結果，斯蘭塔尼亞王國同意天宥前去留學，他在一星期後便離開了迦德拉。

◆

經過一段漫長的海上旅途，天宥抵達斯蘭塔尼亞王國。

他搭乘的船停靠於斯蘭塔尼亞王國的港都摩根哈芬。

在船上看見的街景和迦德拉截然不同，天宥強烈感受到自己來到了國外。

「終於到了。」

「是啊……」

前往斯蘭塔尼亞王國的成員不只天宥。

他的部下們也一同隨行。

跟正在欣賞街景的天宥搭話的，就是其中一人。

他是這艘船的船長青瀾，而向天宥報告那名藥師的人也正是他。

「下船後的行程按照計畫嗎？」

「嗯。你們去街上找藥師。就算沒找到，一樣定期跟我回報。」

「遵命。」

抵達斯蘭塔尼亞王國的天宥及其部下分成兩路行動。

天宥他們在王宮，包含青瀾在內的其他人則在路上探聽藥師的情報。

雖說青瀾上次來的時候沒找到人，藥師在市井之中的可能性依然存在。

前往王宮的天宥不只是一名留學生，同時也身兼外交特使。

最近斯蘭塔尼亞王國和迦德拉的貿易往來也增加了，似乎想趁這個機會增進兩國之間的情誼。
由於有來自外國的特使，斯蘭塔尼亞王國決定在王宮為天宥一行人舉辦迎賓典禮。
迎賓典禮分成兩個部分，前半部是謁見國王，後半部是晚宴。
身為主角的天宥當然全程都會參與。
（那就是「聖女」？）
謁見國王時，國王所在的高臺下，離高臺最近的位置有一名披著白色頭紗的人物。
天宥看了那名人物一眼，從位置及服裝推測她就是「聖女」。
天宥為留學收集的斯蘭塔尼亞王國的情報中，也包含「聖女」的資訊。
跟斯蘭塔尼亞王國普遍的說法並無二異。
因此，天宥對「聖女」的認知就是淨化瘴氣的人。
（斯蘭塔尼亞王國的「英雄」嗎……）
天宥走在通到國王面前的地毯上，回想起「聖女」的情報。
「聖女」會使用只有「聖女」能駕馭的法術殲滅魔物。
跟「聖女」一樣，有能力以高人一等的速度打倒魔物的人，在迦德拉稱為「英雄」。
「英雄」並非專指「聖女」這種會使用專屬法術的人的詞彙。
單純是指能以優於他人的實力擊倒魔物的人。

例如腕力遠超常人，能靠物理攻擊殲滅魔物的人，也能稱之為「英雄」。
然而，斯蘭塔尼亞王國的「聖女」和迦德拉的「英雄」在能力範圍上有著巨大的差異。
這是因為迦德拉的「英雄」目前是一個名譽職，是由皇帝任命的職業。
所以現在在迦德拉被喚為「英雄」的人，在其他人眼中僅僅是討伐魔物的能力明顯優於他人，不像斯蘭塔尼亞王國的「聖女」聖那樣，擁有超出常理的力量。
因此，天宥以為人民口耳相傳的「聖女」的能力就是一切，看一眼就立刻對「聖女」沒興趣。
要是天宥知道「聖女」十分擅長聖屬性魔法，肯定不會對她失去興趣。
迎賓典禮結束後，天宥積極採取行動。
他前往王立學園和王宮內的各種研究所，收集斯蘭塔尼亞王國各式各樣的情報。
說實話，他只想專注在藥上。
但為了避免被王國抓到把柄，最好不要被人察覺原本的目的。
天宥如此判斷，決定順便調查跟藥無關的情報。
就這樣，他走遍王宮的各間研究所，於某天來到主要目的地——藥用植物研究所。
天宥懷著些許的期待踏進那個地方，無奈結果並不理想。
不至於毫無收穫。

他成功取得各種情報，例如斯蘭塔尼亞王國的藥水知識與特有的藥用植物等。

可惜全都與母親的症狀無關。

儘管天宥有點沮喪，卻並未放棄。

單憑短短一天的視察，能獲得的情報有限。

只要想辦法再去一趟，跟研究員交流，說不定能獲得他想要的資訊。

結束一天的視察，天宥走向研究所出口，一面思考今後的行動方針。

幸好他沒放棄。

天宥帶著隨從及護衛騎士走在藥用植物研究所的走廊上時，從打開一條縫隙的窗戶傳來研究員的交談聲。

宛如天啟一般。

「啊！今天聖不在！」

「對啊。所長早上不是說過嗎？」

「我忘了。啊——我想請聖幫我做實驗用藥水耶……」

由於背後還有斯蘭塔尼亞王國的騎士，天宥只是斜眼瞄向聲音來源。

大概是剛從外面回到研究所。

他看見兩名研究員並肩走向研究所的入口。

基於工作性質的關係，這間研究所很多會做藥水的人。

可是，並非所有人都會製作全部的藥水。

因為藥水有分等級，製藥技能不夠高的話，就無法製作上級藥水。

假如說話的那名研究員只會做下級藥水，實驗用的藥水是中級藥水，自然會委託其他人製作。

只不過，天宥在意的是他們提到的人物。

因為他剛才也聽見同一個名字。

剛好是這裡的研究員在討論藥水的時候。

其他研究員叫著「聖」這個名字走進房。

那位「聖」不在，研究員就直接離開了。

僅此而已，但仔細回想起來，實在令人在意。

或許是因為他發現那名研究員看見天宥時，眼睛瞪大了一瞬間。

當天晚上。

上床就寢前，天宥壓低音量對隨從說：

「今天去的研究所……」

「是。請問怎麼了嗎？」

「嗯。可以的話，我想一個人再去一次。」

「這……」

天宥向隨從表示自己想再去一趟藥用植物研究所。

現在是就寢時間，房內只有他們兩個人。

然而，考慮到談話聲可能會被外面的護衛聽見，天宥並未提及去研究所的目的。

不過相處多年的隨從明白他的意圖。

雖然不太放心讓天宥獨自一人行動，隨從最後還是以讓自己陪同為條件，沒問他目的就答應了。

「聖」一直不在，所以他不清楚這個人的相貌及個性。

但從其他研究員會委託他做藥水看來，可以推測他屬於製藥技能等級較高的研究員。

那個人或許會知道能醫治母親的藥草或藥水也說不定。

同時，天宥也覺得他的技能等級之高會成為阻礙。

為了避免被挖角，生產技能等級高的人大多會被藏匿起來，一般老百姓也不例外。

光憑視察時人不在，無法斷定斯蘭塔尼亞王國不想讓「聖」被天宥他們發現，可是也不能否認有這個可能性。

因此天宥在沒有讓斯蘭塔尼亞王國的人知道的情況下，決定前往藥物植物研究所。

瞞著其他國家的人在該國王宮行動，不是能一直拿出來用的手段。

機會只有一次，說幾乎不可能見到對方都不為過，天宥卻採取了行動。

於是，他在藥用植物研究所的藥草園遇見外表與自己國家的人極為相似的研究員。

那名黑髮黑眸的研究員說自己叫做「聖」。

◆

不出所料，天宥和隨從的行為引起一陣風波，不過或許是因為斯蘭塔尼亞王國也多少有些過失，他們只有被叮嚀幾句，這件事就落幕了。

可能也是多虧天宥立刻道歉，說他是因為心血來潮，才忍不住繞去其他地方。

然而，之後很難再出此下策。

因為斯蘭塔尼亞王國派了更多的護衛騎士守在他身旁，避免發生同樣的問題。

話雖如此，他成功見到那位令人好奇的人物，便暫時滿足於現在的成果。

遇見叫做聖的研究員後，天宥提高了前往藥用植物研究所的頻率。

跟裡面的研究員交流的機會也變多了，其中也有跟他處得不錯的人。

可是，自從在藥草園遇見聖的那一天起，他就再也沒在研究所看過她。

天宥得知有聖這號人物存在的契機，是其他研究員的發言。從那句話推測，聖雖然隸屬於研究所，平常或許在其他地方工作。

不知為何，天宥特別在意聖。她的外貌跟迦德拉的人很像，大概也占了一部分原因。說不定是因為，天宥不明白聖是否擁有自己追求的知識，才會對她更加好奇。

所以，每當見到跟他熟稔起來的研究員，他就會問聖在不在研究所。

研究所的所長應該也知道天宥對聖抱持好奇心了吧。

過了一陣子，聖開始在研究所出現。

第二次見到她後，天宥去過好幾次研究所，大部分的時候聖都在，跟之前截然不同。

她的工作內容也幾乎跟平常一樣，天宥來的時候大多在做藥水。

其他研究員甚至會去委託她。

八成是因為在研究員之中，聖的製藥等級屬於特別高的那一個。

雖然天宥如此猜想，可惜聖好像只會製作上級藥水。

他灰心喪志，不過之後也有好事發生。

天宥會邊跟她聊天，邊試探她懂得那些知識，聊著聊著，聖開始調查上級異常狀態解除藥水的資料。

聖說她是在跟天宥閒聊的過程中起了興趣。

對天宥而言真的很幸運。
那可以說正是他想要的東西。
因為上級異常狀態解除藥水大多能治病。
問題在於雖然統稱為上級異常狀態解除藥水，配方會視想治療的症狀而產生差異。
迦德拉也有許多異常狀態解除藥水的配方，卻沒有半種符合天宥母親的症狀。
那麼斯蘭塔尼亞王國如何呢？
聖從王宮圖書室借來記載上級異常狀態解除藥水配方的書，天宥懷著渺小的期待和聖一同閱讀。
他翻著書頁，稍微假裝自己有在看內容，尋找記載他需要的藥水部分。
無奈書上記載的全是他已經試過的配方，沒有新收穫。
以為目標接近了，卻又再度遠離。
天宥感到非常焦慮。
「這裡記載的配方就是貴國出產的所有上級異常狀態解除藥水了嗎？」
等到意識到時，他不小心脫口說出這句話。
他急忙閉上嘴巴，可惜為時已晚。
來到斯蘭塔尼亞王國後，天宥一直在留意不要被人發現原本的目的。

向研究員提問時，也都儘量拐彎抹角。
但事已至此，他似乎不小心鬆懈了。
不曉得是內心有所動搖的關係。
還是因為在陌生的外國看見外表與同鄉人相近的聖，不自覺地卸下心防。
抑或兩者皆是。
天宥在心中為自己的失誤驚慌失措時，聖提出直指核心的問題。
「請問您想找什麼呢？」
這或許是個好機會。
可是天宥無法回答這個問題。
想要乾脆問問看的想法瞬間閃過腦海，同時他又想起剛才的失誤，便驅散了這個念頭。
天宥否認後，聖露出遺憾的表情，兩人開啟了另一個話題。
大概是為了轉換有點沉悶的氣氛，聖用格外輕快的語氣開玩笑似的說。
——要是有這種藥水就好了。
不分症狀都能治療的異常狀態解除藥水——萬能藥。
聽起來荒誕無稽，對天宥來說卻非常吸引人。
如果真的有那種藥……

天宥只是瞇起眼睛說：「要是真有那種藥水就好了。」

之後，天宥向聖坦承母親的病情，兩人一起尋找異常狀態解除藥水的配方，卻遲遲沒有收穫。在他心急不已時，天宥再度聽見那種藥的名字。

◆

那一天，天宥在斯蘭塔尼亞王國提供的房間休息時，自稱國王使者的人前來造訪。

使者表示，國王有事請天宥私下過去一趟。

這個時間找人過去未免太晚了，使者還是從未見過的人。

以常識看來，沒有比這更可疑的事了。

平常他會拿時間當理由回絕，這次卻隱約有股直覺。

由於對象是國王，天宥只帶了一名隨從，就跟在使者後面。

使者是從未見過的人，這條路也是從未走過的路。

迦德拉的城裡有許多錯綜複雜的通道，斯蘭塔尼亞王國似乎也一樣。

連記憶力優秀的天宥都覺得從這裡回房沒問題，要移動到其他地方卻有困難。

話說回來，國王找他到底有什麼事？

或許是因為他心中萌生了一絲不安，天宥邊走邊思考各種可能性。
三人花了比從天宥的房間直接前往國王辦公室更久的時間才抵達目的地。
使者帶他們來到的房間，也是從來沒去過的地方。
於門口兩側待命的騎士對來到門前的三人投以銳利的目光。
然而那也只有一瞬間。
確認來者是天宥他們後，騎士便朝房內通知有客人來訪。
三人穿過從內側打開的門，看見國王坐在三人沙發上等候。
宰相站在國王身後。
剩下的人只有天宥、隨從，以及一名侍從。
那名侍從為國王和天宥泡完茶後，也立刻離開了房間。
看來國王十分不想讓別人知道他找天宥來的用意。
房間裡只剩下四個人，天宥提高戒心。
「感謝你這麼晚還願意特地跑一趟。」
「不會。」
「學校生活還習慣嗎？」
「是的。大家都很親切，給予我許多幫助。」

跟迦德拉的作風一樣，國王先從一些瑣事開啟話題。

天宥雖然很關心正題，還是回答了國王的提問。

談話期間，國王及宰相的表情都平靜如水，看不出他們在想什麼。

好奇歸好奇，但萬萬不可著急。

天宥繃緊神經露出淺笑，以免被對方看穿情緒。

於是話題從學校轉為他去視察過的研究所。

跟天宥的交流給研究員帶來不錯的啟發，促使研究有所進展，國王為此向他致謝。

天宥嘴上說著「我才要感謝大家讓我獲益良多」，背部卻冒出冷汗。

自己去視察的狀況，全都上報給國王了。

視察時，斯蘭塔尼亞王國的騎士會跟在他身旁護衛，因此天宥也知道自己正受到監視。

既然明白國王他們的意圖，天宥一直有在注意自己的行為，不過回想起自己最近做的事，他只得深深嘆息。

他完全不認為自己有澈底隱瞞住他來到斯蘭塔尼亞王國的真正目的。

不出所料，國王提到在眾多研究所之中，天宥最近特別常往藥用植物研究所跑。

他問天宥是不是對藥草有興趣，天宥支支吾吾地承認。

不知道他要說什麼。

天宥不安地觀察國王的臉色，接著國王開啟意想不到的話題。
「天宥殿下是否聽說過，我國曾經有位被譽為藥師之祖的人物？」
「不，很遺憾，我並不知道。」
「這樣啊。那位藥師非常優秀，聽說他的技術遠比現代的藥師高明。」
「是嗎？」
「是啊。似乎還做得出現在無法製作的藥。」
講到這邊，國王身後的宰相有了動作。
宰相從牆邊的櫃子上拿起托盤，放到國王和天宥之間的桌上。
托盤上似乎放著一個四方型的盒子。
不過上頭蓋著一塊光澤亮麗的紅布，看不出裡面裝了什麼東西。
「這是？」
「由王家保存的藥水，據說出自那名藥師之手。」
聽見藥水一詞，天宥挑起眉毛。
不小心將動搖表現出來，令天宥在心中咂嘴一聲；然而不可能沒看見的國王卻沒有要繼續說下去的跡象。
宰相也跟國王一樣毫無反應，將手伸向蓋在托盤上的布。

接著，宰相拿走那塊布，底下是三瓶裝在盒子裡的藥水。

「這是人稱萬能藥的藥水。」

「萬能藥嗎？到底有什麼樣的效果？」

「據說能治療所有的異常狀態。」

「『所有的』是什麼意思……」

「就是字面上的意思。不管是中毒、麻痺還是疾病都治得好，無關症狀。」

聽見藥名的瞬間他就猜到了，天宥卻抑制住急躁的心情詢問，而國王給予的正是他所期待的答案。

聽完國王的說明，天宥馬上想通他在夜深人靜之時私下把自己叫來的理由。

利用早已失傳的技術做出的神效藥水，足夠由王家私藏起來了。

而且那個藥水正是天宥長久以來尋找的東西。

他懷著不敢相信的心情凝視萬能藥，急忙思考如何反應才是正確答案。

事已至此，天宥判斷國王肯定已經知道，他前來斯蘭塔尼亞王國的目的就是為了尋找萬能藥。

至於他從何得知，不該現在煩惱，天宥便暫時將這個問題擱在一旁。

該第一個優先思考的問題是，國王拿出萬能藥有何意圖？

往好的方面想，如果是要給他的，他很想收下。
但這個情況下，想必得支付龐大的代價給斯蘭塔尼亞王國。
就算目前對方沒有索取代價，肯定會欠他們一個遲早要還的大人情。
若這件事只會牽扯到自己一個人，那倒是無所謂。
可是，站在整個國家的立場看來……
「這些藥水就給你吧。」
「這……」
「你在找這東西對吧？」
國王對陷入沉思的天宥說。
這可以說是他夢寐以求的話語，天宥努力緩緩抬起低下來的視線。
不敢相信國王所言的心情，以及渴望萬能藥的心情，將天宥的思緒攪得一團亂。
就算這樣，他還是設法控制住表情開口回答：
「我不能收下。」
「為何？」
「我拿不出與之相應的代價。」
他面色凝重地拒絕，國王揚起一邊的嘴角，彷彿在打什麼主意。

「我也是一國之君，不會說不用代價。不過，我沒有要你現在回報的意思。」

「這……」

「算是一種投資。這個人情之後再還吧。」

宰相緊接著對不知道該怎麼回答的天宥說明。

他說不立刻索取代價是有原因的。

藥水跟其他東西相比不容易壞。

只要用正確的方式保存，聽說效果可以維持近百年。

然而，眼前的藥水自從做好已經放了百年以上。

由於是王家保管的東西，肯定有妥善保存，但不能確定效果跟剛做好的時候一樣。

因此能否醫治天宥的母親，目前只能說機率一半一半。

所以，代價等確認藥水的效果後再談即可。

那就是國王和宰相的說辭。

事實上，天宥猜得沒錯，國王和宰相都知道他在找萬能藥，也知道理由。

因為藥用植物研究所的所長約翰向他們報告過。

而放在天宥面前的萬能藥，是聖製作的。

製作時間在不久之前。

效果也已經經過實證，大部分的異常狀態都能解除。

聖利用「聖女」的能力做出的萬能藥，本來是足以藏在王家的珍品。

之所以會交到天宥手中，是因為國王知道聖希望如此。

然而，為了避免「聖女」的能力洩漏出去，不能將事實全盤托出。

所以才會拿有名的藥師之祖「藥師大人」當作萬能藥的製作者，配合這個設定偽造製造年代。

結果還沒決定代價就把藥送人，國王和宰相卻覺得這樣也無妨。

從他來到斯蘭塔尼亞王國後的情況判斷，看得出天宥是個老實人。

不是會只顧著追求自身利益的人。

既然如此，就算要等到事後，天宥一定也會準備與萬能藥相襯的代價。

而且還是能為斯蘭塔尼亞王國帶來利益的代價。

萬一是對我國不利的東西，只要拒絕就行了。

這就是國王他們的打算。

「我明白了。那我就心懷感激地收下了。」

聽完宰相的說明，天宥沉思了一會兒，最後決定收下萬能藥。

他坐在沙發上深深一鞠躬表示最大的謝意，國王則大方地點頭回應。

雙方達成共識後，天宥迅速採取行動。

表面上以接獲母親病情惡化的消息為由，著手準備回迦德拉。

急忙離開斯蘭塔尼亞王國，一抵達迦德拉就馬上趕到母親身邊。

幸好母親的病情仍維持在穩定狀態，跟他出發去留學前並無二異。

看到兒子突然回來，天宥的母親大吃一驚。他只簡單慰問了母親幾句就拿出萬能藥。

至於這麼急的原因，是想防止得知消息的外人跑來搶奪萬能藥。

他只帶了一名隨從去見斯蘭塔尼亞王國的國王。

天宥不認為那名隨從會洩漏萬能藥的情報。

可是，看到他突然中止留學趕回迦德拉，理應會有不少人猜到發生了什麼事。

皇帝亦然。

若皇帝質問他回來的原因，無力的天宥只能據實以報。

他拿到的萬能藥，八成得全數進貢給皇帝。

這樣天宥就再也拿不回萬能藥了。

就算他開口索取，一定會有人想盡各種理由不給他，天宥光想就能想到好幾個人選。

他想在演變成這種情況前，讓母親喝下萬能藥。

即使有效的機率只有一半。

至於嘗試的理由，大可說想在進貢給皇帝前驗證效果。

國王給的萬能藥有三瓶。

把其中一瓶獻給皇帝就夠了吧。

更進一步地說，他還考慮拿取得這個萬能藥當成中止留學突然趕回來的理由。

天宥原本就沒打算獨占。

他的母親緊盯著慌張得一反常態的兒子遞出的藥。

至今以來，天宥給過母親無數種藥物。

母親也知道天宥費盡苦心，才弄到那些絕對不便宜的藥。

這瓶藥水不曉得讓他花了多少心思。

假如又跟之前一樣，結果不如人意，不曉得兒子會有多消沉。

天宥從未在母親面前表現出來過，但她早已看穿兒子會默默沮喪。

花的心思越多，期待落空時的失落感就會越強烈。

思及此，她實在不敢立刻喝藥。

或許是因為母親在猶豫，天宥費盡脣舌，設法讓母親喝下去。

他告訴母親的當然不只有好話。

他將斯蘭塔尼亞王國宰相所說的話——萬能藥是很久以前流傳下來的藥物，有效的機率只有五成——也據實以報。

將壞消息也如實告知，是想避免沒有效果時母親會感到愧疚。

天宥說明完過了一會兒，母親同意喝下萬能藥。

她已經連自己起身的力氣都沒有，話也講不清楚，仍憑藉微微點頭的動作將自身的意志傳達給天宥。

等同於斯蘭塔尼亞王國侍女的宮女扶著她讓她坐起身來，天宥將萬能藥的藥瓶湊近到母親嘴邊。

然後慢慢讓母親喝下藥水。

乍看之下沒有明顯的變化。

對當事人而言卻不然。

喝完藥水後，母親瞪大眼睛，淚水奪眶而出。

天宥見狀急得不知所措，聽見母親用清晰可聞的聲音呼喚自己的名字後，他立刻理解了情況。

萬能藥發揮了如名字所示的藥效。

兩人緊緊相擁，以慰勞辛苦這麼多年的彼此。

天宥抱著母親，兩眼也流出喜悅的淚水。

之後的事情都按照天宥的計畫進行。
他和負責治療母親的醫師一同觀察母親的身體狀態，確認她澈底痊癒後，他將剩下的萬能藥獻給皇帝。
效果已經由原本臥病在床，現在卻恢復到能坐在椅子上的母親證明過。
不會像以前那樣，只是正常生活身體就慢慢不能行動。
關於為何在獻給皇帝前先讓母親使用萬能藥，天宥當然搬出了當初所想的理由。
只不過，關於取得萬能藥的經過，天宥用「在斯蘭塔尼亞王國的王都偶然入手」來蒙混過關。
跟之前拿到的藥一樣。
這麼做的原因是怕萬一國王給他萬能藥的事情傳開，搞不好會給對方添麻煩，畢竟那是如此珍貴的藥物。
既然母親痊癒了，對天宥來說斯蘭塔尼亞王國的國王就是恩人。
是比皇帝及後宮其他人更重要的人物。
他無論如何都想避免給恩人添麻煩。
本來被追根究柢都不奇怪，皇帝卻對天宥的說法照單全收。

其實皇帝也在擔心天宥和母親。
但因為政治因素的關係，他不方便公然提供協助，對此多少懷抱一些罪惡感。
因此，即使皇帝覺得天宥的說辭有不自然之處，他依然沒有追究，只有讚許天宥帶了萬能藥回來。
就這樣，天宥漫長的尋藥之旅落下帷幕。

第二幕　社交

和莉姿舉辦茶會的數日後。

我在工作時被所長叫了過去。

我來到所長室，迎接我的是雙手於辦公桌上交疊、頭向下低垂的所長。

「聽說您有事找我……」

「啊——沒錯。坐吧。」

我聽所長的話坐到迎賓沙發上，所長也從辦公桌前走向這邊。

手上拿著前一刻還放在辦公桌上的信。

看見那堆信的瞬間，前幾天莉姿在茶會上說過的話閃過腦海，不祥的預感湧上心頭。

所長在沙發上坐了下來，將信放在我面前。

信是拆開來的狀態，大概是已經檢查過內容了。

「那個……這是？」

「邀請函。」

「邀請函……」

預感這種東西，越不祥的時候越靈。

我臉頰抽搐，問所長放在眼前的信是什麼，答案如我所料。

我的天啊。

我在心中發出不甘願的哀號聲，心情似乎也反映在臉上。

所長也苦笑著告訴我事情經過。

辦過亮相典禮後，貴族們判斷「聖女」的社交活動終於解禁。

這麼判斷的人接下來會做什麼，不用想都知道。

——招待她到自己家。

所以，成為窗口的王宮似乎收到一堆寄給「聖女」的茶會或晚宴邀請函。

「有那麼多呀？」

「是啊。好像有超過半數的家族都寄來了。」

這樣啊，超過半數啊？

別跟我說討伐魔物時沒打過照面的家族，幾乎統統寄了邀請函喔？

看到所長帶著憂愁的目光說出這句話，我也跟著一同陷入沉思。

可是，實際放在我面前的邀請函只有一封。

因為只有經過王宮篩選的邀請函，才會送到我手上。
聽說王宮收到大量的邀請函，全都幫我拆開來檢查過內容了。
可能會有人覺得給我的邀請函給其他人看過不太好，但我並不介意。
目前我的私人信件都是送到研究所，王宮收到的大多是邀我去參加社交活動的邀請函。
即使被人看到那種等同於廣告信的信，我也不會怎麼樣。
再說我很少收到私人信件。
頂多只有克勞斯納領的柯琳娜女士會寄信給我，或是商會寄的化妝品銷量等報告書。
還有地方領主寄來的魔物討伐感謝狀。
另外，確認大量邀請函的寄件人及判斷是否可以參加也挺費神的。
我在王宮上課時也學過關於這個國家的貴族知識，但要我立刻判斷寄件人所屬的派系、權力關係等跟政治有關的部分，還有點困難。
尤其是至今從來沒接觸過的家族。
因此，我非常感謝王宮願意幫忙篩選。
甚至還會幫我婉拒對方，我自然更感激他們了。
「不過，送到這邊的只有一封耶。」
「是啊。相對地，妳肯定得參加。」

「是嗎？我怎麼聽說可以拒絕？」

「如果妳無論如何都想拒絕，也不是不行，但我勸妳最好參加。」

所長平常都會尊重我的意見，今天卻難得規勸我參加。

在我皺眉思考原因時，所長說：「看一下背面。」

我將信翻到背面，看見熟悉的家徽封蠟。

「是統率文官最大派系的家族寄來的。是一般情況下無法拒絕的邀約。」

「的確，我上課時也學過。」

「再加上既然送到研究所了，代表王宮也判斷妳最好去露個面。」

「是呀。」

「反正就算拒絕，之後又會再來邀請妳，現在答應應該比較好。」

所長說得沒錯。

既然會再度接獲邀約，最好這次就答應下來吧。

我又沒有特別能拿來拒絕人家的理由。

而且，所長說的王宮那邊的判斷，我也能接受。

派系的分類法五花八門，有時會視該家族的成員比較多哪種職業的人才來區分。

按照這個分類法看來，我認識的人的家族偏武官系。

因為討伐魔物時，我常和騎士團、宮廷魔導師團等武官見面。
文官反而因為我其他時間都窩在研究所的關係，認識的人很少。
考慮到我的身分，太過偏重其中一方可能不太好。
王宮說不定想藉此機會，讓我平衡兩者之間的差距。
「那我答應好了。」
「不用先看過內容嗎？」
「啊，對喔。」
差點在沒看過內容的情況下答應了。
我照所長說的，打開邀請函確認。
對方招待我參加的是於中午舉辦的茶會。
如果有遵守規範，參加者應該只有女性。
問題在於寄件人。
是我朋友的家族，寄件人卻是那個人的家人。
這代表什麼？
怎麼想都想不到合理的解釋，所以我立刻放棄思考。
「有沒有什麼需要注意的？例如禮服。」

「好像沒有。似乎是一般的午間茶會。」
「這樣啊。那我去跟王宮說妳要參加。」
「謝謝您。」
看來跟拒絕的時候一樣，會由王宮幫我回覆。
即使只是寫一封回信，也有許多規定，因此我非常感謝王宮的貼心之舉。
於是我恭敬不如從命，將剩下的事情全都交給王宮處理。

兩個星期後，我受邀參加茶會。
今天穿的禮服是白底小花圖案。
領口及袖子繡著白色荷葉邊和水藍色緞帶。
帽子與手套等裝飾品，顏色也都有配合禮服搭配。
這些全是王宮的侍女幫我挑的。
上課時也會教參加社交活動要如何打扮，不過由侍女幫我挑比較不會出錯，我便讓她們一手包辦了。
大家挑得很開心，我很慶幸有拜託她們。
絕對不是因為我不擅長選禮服，故意偷懶。

我從來沒有為選衣服而煩惱過，但這不代表我不會累。

光是做準備就會消耗體力。

今天我也一早就在王宮奮鬥，坐上馬車時精神力已經消耗殆盡。

可是，重頭戲現在才開始。

我整個人癱在馬車裡，好在抵達目的地前多少恢復一下。

過了一會兒，馬車停在雖然不是王宮，說它是其中一間離宮我都會相信的宅邸前。

高度是三層樓，因此還算正常。

寬度卻寬得嚇人。

恐怕深度也是。

這就是率領文官最大派系的家族宅邸啊……

聽說一般而言，擁有領地的貴族在王都的宅邸會比位於領地的家更小，真想看看比這更大的房子長什麼樣子。

眼前的宅邸就是大到我會這樣想。

看見馬車的車門打開，我吸了口氣才朝外面踏出一步。

我扶著護衛從旁邊伸出來的手走下馬車，看見大門口排著一堆人。

人數太多，害我差點嚇到。

左右兩邊的應該是這棟宅邸的傭人。
然後正中央是一名魄力十足的金髮碧眼大美女，以及和那名美女長得很像的美少女。
「歡迎您蒞臨，『聖女』大人。」
中間的美女在歡迎我的同時屈膝行禮，美少女及傭人們也跟著鞠躬。
我不小心繃緊臉頰，提醒自己不要臉頰抽搐。
然後用在禮儀課上訓練出的淑女微笑回答他們。
「能拜見您的尊容，是我無上的喜悅。我是安潔莉卡・艾斯里。」
「我是聖・小鳥遊。感謝您今日的邀約。」
沒錯，今天我來到的是莉姿家——艾斯里侯爵家。
茶會的主辦人是莉姿的母親艾斯里侯爵夫人。
在沒有王妃的這個國家，除了「聖女」以外地位最高的女性之一。
地位如此高的她低著頭非常有禮貌地向我問好，但我的本性終究是個小市民。
包含艾斯里侯爵夫人在內，讓這麼多人向我低頭，我非常不好意思。
因此，我一打完招呼就請大家抬起頭來。
「終於有機會招待聖來我家，我好高興。」
「我才要道謝。今天請多關照。」

包含傭人在內的所有人抬起頭後，熟悉我個性的美少女向我搭話。
我也笑著回應那名美少女——莉姿。
問候時間到此結束，我在艾斯里侯爵夫人的帶領下進到屋內。
暫時通過第一關了，然而也只有短暫的時間能讓我放鬆。
不久後，所有參加者在會場重新跟我打一次招呼，導致我整個人僵在原地。

◆

艾斯里侯爵夫人帶我來到整面牆都是窗戶的一樓房間。
白色牆壁上綴有金色的裝飾，和黃色的窗簾及家具相互輝映，營造出十分華美的氛圍。
午後柔和的陽光從窗戶灑下，將室內照得一片明亮。
窗戶另一側是遼闊的庭園，綻放著各色的花朵。
室內的花也五彩繽紛，絲毫不比庭院的花遜色。
有幾位年齡與我相近、身穿柔和粉彩色系禮服的千金小姐在裡面等待。
座位似乎已經決定好了，千金小姐們圍著中央的圓桌站在椅子前。
我一踏進房間，她們便同時向我行禮。

整齊劃一的問候，害我差點忍不住讚嘆出聲。

我好不容易克制住這股衝動請她們抬頭，她們又以同樣整齊的動作挺直背脊。

各位該不會事先練習過吧？

怎麼可能。我自己吐槽自己，坐到侯爵夫人所指的座位上。

「聖小姐，向您介紹我的朋友。」

「好的。謝謝您。」

眾人入座後，坐在我右邊的艾斯里侯爵夫人為我介紹其他千金小姐。

本以為會從右邊開始，以逆時針的方向介紹，她卻規規矩矩地按照爵位高低介紹。

這一點很符合貴族的作風。

經過介紹我才知道，她們並非千金小姐。

大家似乎都已經結婚，爵位後面還會加上「夫人」這個稱號。

這個世界的適婚年齡比日本更年輕，和我同年的女性搞不好大多都結婚了。

也有可能是乍看之下年齡差不多，其實她們都比我大。

介紹完參加者後，侍女們將紅茶及茶點放到桌上。

有很多餅乾，每一種看起來都很好吃，害我的視線忍不住飄過去。

幾位貴婦也一樣紛紛稱讚美味。

不愧是侯爵家，看來還會提供罕見的點心。

似乎是知名點心店的商品，使得其中一名貴婦興奮地說：「這不是那家店的點心嗎？」

艾斯里侯爵夫人笑著點頭，因此大概是猜中了。

雖然我在禮儀課上就學過，貴族夫人果然對流行很敏銳。

像這樣聊完點心後，話題自然轉到用來裝飾會場的餐具及鮮花上。

稱讚會場的布置也是茶會禮節之一。

我上過課，也在跟莉姿開茶會時練習過；然而親眼看見別人的做法，就深深體會到自己還需要多加練習。

該怎麼說呢，熟練度不同。

由於貴族千金成年前似乎就會參加茶會，跟我參加過的次數完全不能比，所以這也是無可奈何的事情。

「這些玫瑰是那種玫瑰對不對！」

「您猜得沒錯。今天小鳥遊小姐要參加，我特別選了它來裝飾。」

「哎呀！」

艾里斯侯爵夫人一這麼說，氣氛瞬間熱鬧起來。

坐在旁邊的莉姿偷偷告訴搞不清楚狀況的我。

今天用來裝飾會場的，是栽培法不外傳的特殊玫瑰。
平常只會用在侯爵或侯爵夫人的慶生宴這種特別的晚宴上。
人稱「艾斯里的玫瑰」，據說非常有名。
原來如此。
裝飾在會場的深紅色玫瑰在日本很常見，來到這個世界後卻從來沒看過。
王宮裡裝飾的玫瑰也全是白色或粉紅色。
順帶一提，玫瑰是艾斯里侯爵領的特產之一。
好幾代前的侯爵夫人非常喜歡玫瑰，據說當時積極推動品種改良。
然後栽培出各式各樣的玫瑰，不知何時成了特產。
或許是因為這樣，不只裝飾用花，餐具也都是用玫瑰圖案。
「謝謝您讓我拜見珍貴的玫瑰。」
「聖小姐高興就好。」
由於我不知道的關係，剛開始跟不上其他人的反應，不過既然人家拿出這麼珍貴的玫瑰，應該要道個謝吧。
我笑著道謝，艾斯里侯爵夫人也回以微笑。
大概是因為玫瑰是艾斯里侯爵領的特產。

之後大家便聊起各領地的特產。
同為酪農業興盛的地區，各地做出來的產品會有所差異，這一點跟原本的世界一樣。
就算一樣叫做起司，也有分許多種類。
聽她們的對話，我注意到她們聊到的大多是食材。
我去外地討伐魔物的時候，只要說到當地特產，大家也經常舉食材當例子。
難道是因為我在王宮做各種料理的事情傳出去了？
說不定她們是特地選擇這個話題，好讓「聖女」方便加入。
聽她們聊得那麼起勁，我特別有興趣的是巴爾謝特侯爵夫人領地的特產。
她是坐在艾斯里侯爵夫人右邊的貴婦。
她的髮色是原本世界沒有的髮色，硬要說的話，可以說是灰綠金吧？
頭髮是光澤亮麗的淡綠色，眼睛是水藍色，楚楚可憐的模樣讓人說她其實是妖精我都會相信。
「巴爾謝特夫人的領地有種番紅花嗎？用來當香料的那個？」
「不好意思，那不是香料，而是藥草。」
說到番紅花，我比較熟悉的用途是當香料。
所以我才這麼問，然而得到了否定的答案。

藥草，藥草啊……

在原本的世界裡，番紅花應該也有當成藥物使用。

巴爾謝特侯爵夫人如她所說，露出愧疚的表情，我又問了一堆問題，果然跟我想的番紅花是同樣的東西。

聽我這麼說，巴爾謝特侯爵夫人臉上綻放出笑容。

「意思是可以用來做菜嘍？」

「是的。在我的故鄉經常用來做米飯料理。然後還有湯也是。」

「米飯料理是前陣子回國的那位大人的故鄉——迦德拉的料理？」

「沒錯。您懂得真多呢。」

我一回答巴爾謝特侯爵夫人的問題，其他貴婦便對「米飯料理」一詞起了反應。

研究所的餐廳雖然會提供，我從來沒聽說可以在其他地方吃到。

跟迦德拉開始有貿易往來也是這幾年的事，我想知道的人應該不多。

她到底是從哪裡聽說的？

該不會是跟外交也有關係的家族？

總之，在我佩服她的消息真靈通時，巴爾謝特侯爵夫人將她知道這件事的原因告訴我。

她的兄弟隸屬於宮廷魔導師團。

啊——原來如此。

我懂了。

那裡的師團長對米飯料理深深著迷一事，在宮廷魔導師團裡很有名。

「據說師團長德勒韋思大人，是在聖小姐工作的藥用植物研究所嘗到米飯料理。」

「聽說在藥用植物研究所的餐廳，吃得到聖小姐發明的料理。」

「不，那不是我發明的，我只是把原本能在故鄉吃到的料理做出來。」

「這樣呀！」

「除了米飯料理，還有各種創新的料理對吧？」

「研究員隨時都吃得到嗎？真令人羨慕。」

大、大家消息都好靈通。

上課曾教過茶會是情報戰的戰場，原來是真的。

正當我在心中感到目瞪口呆時，其他人聊料理聊得不亦樂乎。

◆

在我看著其他人聊天的時候，艾斯里侯爵夫人向我搭話問：

「聖小姐不舉辦茶會嗎？」
「咦？茶會嗎？」
「聖辦的茶會感覺會有很稀奇的料理呢。」
話題突然扯到這個，害我一頭霧水，而莉姿像是要幫艾斯里侯爵夫人補充說明似的加入對話。
我因此恍然大悟。
莉姿說得沒錯。如果我舉辦茶會，八成會端出在日本吃的點心及餐點。
也就是說，受邀參加茶會的人，能吃到研究所餐廳提供的料理。
艾斯里侯爵夫人之所以問這個問題，或許是想讓在場的貴婦也有機會吃到餐廳的料理。
就我聽來，這句話蘊含這樣的言外之意。
「料理？可是，那樣不就都會是莉姿曾經吃過的東西嗎？」
「沒有呀。我聽說的料理都是從來沒吃過的東西。」
「妳聽說的料理？不是點心嗎？」
「是啊。我聽說可以在藥用植物研究所餐廳嘗到的料理，都是些沒吃過的東西。」
跟莉姿開茶會時，有時她會準備我提供食譜的點心。
除了點心以外，頂多只有三明治。

茶會類似於原本世界的下午茶。
所以，說到能在茶會上端出來的其他料理，我只想得到鹹派。
不過莉姿想吃的好像是餐廳端出的菜色。
這樣的話比起茶會，舉辦晚餐會好像更適合。
可是舉辦晚餐會，莉姿就很難參加了。
因為莉姿未成年，不能參加晚上的社交活動。
若是只有熟人的聚會，可能沒問題，然而大家現在討論的並非那種活動。
既然要辦聚會，我希望莉姿也能參加。
「聖小姐，您怎麼了？」
「對不起，我在想事情。」
「您在想什麼？」
「我在想要辦聚會的話，要採用什麼樣的形式。以餐點為主，在白天舉辦的應該比較好對吧？」
艾斯里侯爵夫人看我在煩惱，於是問我怎麼了，我便將自己的想法告訴她。
或許是因為這句話有積極檢討的意思在，大家立刻興奮起來。
機會難得，我問了幾位貴婦的要求，順便整理思緒。

選在白天辦，對她們來說看來不成問題。
但有人表示斯蘭塔尼亞王國白天的社交活動大多以女性為主，男性可能不方便參加。
假如希望男性也來參加，似乎需要考慮一下。
還有，大家也很贊成以餐點為主，看來得下點工夫。
就我聽來，她們想像的是晚餐會的形式，正在興奮地討論能吃到什麼樣的料理。
然後，她們紛紛舉出各種菜色卻毫無一致性，有西式、有中式還有日式。
若要跟晚餐會一樣弄成套餐制，就得統一種類。
由於一道菜的分量並不少，頂多準備兩三種。
怎麼想都覺得無法滿足在座每位貴婦的需求。
不過派對也不是能常辦的活動，我想儘量實現她們的願望。
減少每盤料理的量，增加種類如何？
嗯——這樣也有極限呢。
那就……改成自助餐形式？
嗯，自助餐或許不錯。
自助餐就能自己控制想吃的量，也能提供種類繁多的料理。
可以選擇喜歡的菜色，因此不需要考慮參加者的喜好。

而且這個國家的派對同樣採用自助餐形式，參加者應該也很習慣，我覺得這個方案照理說不錯。

「妳想到什麼好主意了嗎？」

「嗯，舉辦用自助餐形式提供餐點的派對如何？這樣能準備許多種類，也能想吃多少就拿多少對吧？」

「我覺得不錯。不過這樣可能會變成以社交為主，料理則是其次呢。」

莉姿彷彿看準我得出結論的時機開口詢問。

自助餐似乎是個好主意。

然而，參加者習慣這種形式，也會衍生出其他問題。

這個國家主要是在舞會的時候才會以自助餐形式提供餐點。

於舞會會場旁邊另外設置休息室，提供方便入口的食物。

然後，就像莉姿說得一樣，參加者在這個國家的舞會上幾乎不會去碰食物。

因為舞會是社交場合。

對他們來說，工作或許比吃飯更重要。

「那一開始就先告訴大家這是以餐點為主的派對呢？」

「取名為『「聖女」品嘗會』說不定不錯。」

「剩下就是……」

事先跟參加者說明是以料理為主比較好。

聽莉姿的話，活動名稱就取成那個路線也是個好方法。

可是，莉姿的表情在說還差臨門一腳。

這樣的話，乾脆把吃東西當成工作如何？

派對同時也是拓展人際關係、收集情報與散播情報的場合。

如果吃東西能跟這些事連結在一起，參加者應該就會集中在吃飯上。

思及此，我忽然想到之前跟幾位貴婦聊到的話題。

浮現腦中的是特產。

試著用特產做菜如何？

若是沒什麼人聽過的特產，宣傳效果應該不錯，就算是大家都知道的特產，或許也能提出新的用途。

沒錯，例如剛才聊到的番紅花。

這個世界的人將番紅花視為藥草，卻不知道它還能當香料。

「拿各地的特產做料理給大家吃呢？還能順便幫特產做宣傳。」

這樣參加者也會把注意力放在料理上吧——這句話還沒說出口，就被我吞了回去。

我本來是想知道莉姿的意見才這樣說的，但用不著觀察莉姿的反應，其他人的反應已經說明了一切。

看來是個好主意。

因為坐在旁邊的貴婦們立刻激動地討論起來嘛。

「聖小姐用特產做的料理嗎？我也想吃吃看！」

「難道餐廳的料理也有用到特產？」

「做豬肉料理您意下如何？大家都說我的領地養的豬非常美味喔。」

「哎呀！耶路撒冷小姐，您怎麼可以偷跑呢？我家的起司也……」

大家瘋狂向我宣傳特產。

一有人起頭，其他人就紛紛詢問起自己領地的特產能不能用。

如今回想起來，無論是去各地討伐的時候還是在這場茶會上，大家跟我介紹的特產都是食材。

仔細想想，那或許是在向我推銷。

我來不及回答她們、正感到困惑時，艾斯里侯爵夫人看不下去，便幫我把場面控制住。

雖然她只說了句「各位，冷靜點」就是了。

幾位貴婦轉眼間恢復鎮定，或許是因為她語氣雖然平靜，聲音卻清澈嘹亮。

單單一句話就有這麼大的力量。
之後話題又隨便聊到現在王都流行的事物上。
接著快樂的時間轉瞬即逝，不知不覺就到了解散的時刻。

第三幕　美食祭

和艾斯里侯爵夫人喝完茶的一週後。
我決定主辦一場派對。
可能有人不知道我在說什麼，我自己也不明白事態為何會演變成這樣。
我是很想這麼說啦，但其實我很明白。
因為國王陛下和宰相把我叫過去說明過。
事情的起因當然是艾斯里侯爵夫人。
辦完茶會後，艾斯里侯爵夫人跟丈夫艾斯里侯爵說了茶會的情況。
出乎意料的是，艾斯里侯爵聽說我對開派對有興趣，馬上就去跟陛下商量召開「聖女」主辦的派對。
能幹的男人就是這麼有效率。
動作快到我有點驚訝。
於是，陛下和宰相接獲艾斯里侯爵的請託，決定利用這個要求。

給遲遲無法接近「聖女」而欲求不滿的貴族一個機會，藉此排解他們的不滿。

王宮本來就收到一堆想跟「聖女」打好關係的貴族寄給「聖女」的邀請函。

他們似乎判斷與其答應邀約，不如請那些人參加這場派對，這樣我的負擔應該比較不會那麼重。

的確。

比起我去參加對方的派對，邀他們來我辦的派對，能以更少的次數解決這個問題。

假如有人招待我參加舞會，能站在牆邊當空氣的話，大概就不會有那麼多壓力了。

然而事情沒有那麼簡單。

照理說，我前面會排滿為了跟「聖女」打好關係而前來問候，以及邀我共舞的人。

而且還是在派對途中發生這種事。

光想像就累到不行。

因此要我在接受邀請或主辦派對中做選擇，不用想也知道我會選哪一邊。

更重要的是，在艾斯里侯爵夫人的茶會上思考要辦什麼樣的派對，有點好玩。

準備起來應該很辛苦，但值得一試。

所以陛下跟宰相問我要不要辦派對時，我才會答應。

令人感激的是，他們兩位不只提議，還願意全面提供協助。

會場、人手與食材，物理方面的需求全部由王宮提供。
會場可以借王宮的大廳或庭院用，人手可以請在王宮工作的廚師和侍女們幫忙。
食材和必需品也一樣，只要跟文官說一聲，就會幫我準備。
我要做的只有思考內容。
而且還能跟文官們商量，負擔比想像中還輕。
相對地，派對的規模變得有點大。
當初設想的規模似乎太小了。
文官說，按照我的計畫，連半數的來賓都容不下，必須找一天再辦一場派對。
我不想一直辦派對，便聽從文官的意見，改成一次就能搞定的規模。
就這樣經過一個半月的賣力準備。
派對當天終於到來。
身為主辦人的我前一天就先住進王宮。
派對於上午開始，因此我天還沒亮就著手準備。
所謂的準備，是指整理儀容。
大部分的事情都由平常照顧我的侍女幫忙，因此我維持半睡半醒的狀態也無妨。
然而，侍女們可沒那麼輕鬆。

她們比我還要早起，整理好自己的儀容後，再為我梳妝打扮。
我對她們真的只有無限的感謝。
會場也是一早就有許多人幫忙布置。
這次跟平常在王宮舉辦的派對不太一樣，應該會有不熟悉的部分。
即使如此，當天並沒有發生什麼大問題，一切都準備就緒。
這也要感謝這段時間幫忙跟各相關單位討論細節、四處奔走的人。
「會場這邊看來沒問題了呢。」
「是的。大部分的餐點也已經擺上桌了。」
「對啊。好香喔。」
派對開始不久前，妝扮好的我來到會場做最後確認。
跟我在一起的是第二王子連恩殿下。
連恩殿下是「聖女」相關事務的負責人，是幫忙籌備今日這場派對的其中一人。
起初他表示要從旁協助身為主辦人的我，然而實際上幾乎可以說都是由他在負責指揮工作人員。
我告知需求，連恩殿下及他的隨從向適當的部屬下達適當的指示，現場再進行作業。
正因為有連恩殿下等人居中協調，派對才能準備得這麼順利。

因此我認為他是這場派對的關鍵人物，可是連恩殿下堅持自己只是輔佐人員。他幫我擔下最辛苦的工作，我深感愧疚，連恩殿下卻微笑著說：「這對我的未來也有幫助。」不肯接受我的道歉。

他真的是個很能幹的人，無法想像他只有十五歲。跟莉姿一樣，比實際年齡成熟許多。

這也是拜從小的教育所賜嗎？

連恩殿下不只在籌備派對這方面表現亮眼。

他還願意擔任我今天的護衛。

或許是因為這樣吧，站在我旁邊的他也穿著華麗的服裝。

不過別看這身衣服如此豪華，這是參加白天的派對時穿的，已經比晚宴用的服裝低調。

「我從來沒參加過這種形式的派對，有點緊張呢。」

「您會擔心嗎？畢竟全是新的嘗試。」

「會是會，同時也滿期待的。這就是日本的派對啊。」

「那個，嚴格來說並不算，比較接近美食祭，屬於祭典的一種。」

「是收穫祭那類型的活動嗎？」

「差不多。但今天的派對偏重於品嘗食物。」

連恩殿下略顯興奮地環視會場，我重新為他說明這場派對的主旨。

跟我對他說得一樣，這場派對是以日本的派對為原型。

主要參考在戶外舉辦的美食祭。

會場位於王宮庭院的一角，平常空無一物的開闊空間。

中央放著桌椅及遮陽傘，旁邊圍著好幾座帳篷。

說是帳篷，其實比較像戶外的遮陽棚。

只是以白布為頂，用原木撐住罷了，沒有牆壁。

由於今天天氣很好，白色的帳棚及遮陽傘跟綠色草坪相映成趣，看起來十分美麗。

每座帳篷底下設有廚房和放餐點用的桌子，料理就是在這邊製作。

至於切菜之類的事前準備，跟之前一樣是在王宮的廚房處理。

我想說讓平常沒看過別人做菜的貴族看看別人做菜的模樣，應該也會是不錯的娛樂，才設計成這種形式。

還有，我請派對的參加者自己去帳篷拿餐點。

但我提出要採用這個形式時，跟大家起了些爭執。

理由是安全堪憂。

儘管不便明說，總之好像是貴族特有的顧慮。

最後決定為絕對要確保安全的人——例如陛下與宰相設置特別的座位。
陛下他們要去其他區域取用餐點，而非中央的桌子。
即所謂的ＶＩＰ座。
那裡跟放餐點的地方一樣設有帳棚，侍從隨侍在旁。
只要跟侍從說想吃哪樣餐點，他們就會幫忙送過來。
還有專門試毒的人。
除此之外，會用解毒等異常狀態恢復魔法的宮廷魔導師也隨時在會場待命，以防萬一。
順帶一提，我也是其中一人。
「會場看起來沒問題，差不多該去入口了。」
「好的。」
繞完會場一圈後，連恩殿下提議移動到入口。
等等得迎接來賓，感謝他們的蒞臨，是一項大工程。
然後對我而言，這個工作才是今天的重點。
王族主辦的派對上，主辦人習慣在最後登場。
這次卻跟一般貴族的派對一樣，主辦人會在入口問候來賓。
然後就是各自享用料理的時間。

之所以採用這個形式，是為了讓大家專心吃飯。

要是我之後才登場，大家可能會把餐點晾在一旁，聚集到我身邊。

而且來賓有三分之二是陌生人，也就是平常沒機會見到「聖女」的人。

今天能見到「聖女」，他們應該會鼓足幹勁。

其中八成會有再也沒機會見到我的人，想趁這個機會跟我說話。

簡單來說，就是談話時間會拖長。

選在入口迎接，也是為了牽制這些人。

你看，後面還有人在等——會給人造成必須快點講完的心理壓力對吧？

而且也方便我拿不能讓其他人乾等當理由，主動結束話題。

那麼，雖然想到等等要迎接一堆人就有點憂鬱，我還是加油吧。

我再次於心中打起幹勁，跟連恩殿下一同前往入口。

◆

開場時間來臨，賓客接連入場。

一看到我和連恩殿下在入口處等待，大家就露出討好的笑容走過來。

我也回想起平常上課時學到的知識，笑著跟他們問好。
今天的客人是由王宮篩選出來的，因此很多陌生人。
請王宮幫忙選人的理由，是我還不習慣這種事。
舉辦派對的目的之一，在於給平常見不到「聖女」的人一個機會。
然而，總不能隨便從志願者裡面挑選。
需要考慮政治因素及均衡性。
雖說我上課多少學過一些，要我將這一切納入考量、選出眾多客人，對現在的我來說有難度。
而且這次的派對可不是課堂上用來練習的派對。
在關鍵場合出錯的後果不堪設想。
我判斷超出能力範圍的事最好交給靠得住的人處理，才會拜託王宮。
話雖如此，還是有一些認識的人來。
最先到場的是艾斯里侯爵一家。
除了前些日子見過面的侯爵夫人和莉姿，侯爵本人跟莉姿的哥哥艾斯里子爵及其夫人也來了。
莉姿是個美少女，所以我早就料到了，但他們還真的全家都是俊男美女。

那些人背後彷彿閃耀著聖光，搞不好並非我的錯覺。

儘管是朋友的家人，除了莉姿和侯爵夫人我都是第一次見面，因此剛開始我有點緊張。

不過，緊張的情緒很快就得到緩解。

這都多虧艾斯里侯爵的體貼。

比起「聖女」，他更接近把我當成女兒的朋友對待，大概是看出我會緊張。

我有點感謝他這麼貼心。

之後來的都是陌生人，但也有些聽過名字的人。

例如德勒韋思與艾布林格等。

前者是師團長的，後者是第二騎士團團長的家名。

雖然不太禮貌，聽見有印象的名字害我不小心忍不住盯著人家看。

雙方都是帶著全家人來參加。

跟團長同家名的人和他有幾分相似，師團長的家人倒是跟他一點都不像。

然後說到認識的人，還有另一個家族。

「感謝您今天的招待。」

「歡迎您蒞臨，霍克大人。」

擁有一頭在陽光的照耀下反射柔和光芒的金髮以及灰藍色眼眸的那個人，名為約瑟夫．

霍克。
他是這個國家的軍務大臣，團長的哥哥。
他的髮色跟團長相似，可是哥哥的好像比較深。
我們並不是初次見面。
之前曾經打過一次照面。
再加上他似乎知道我不擅長一板一眼的規矩，今天只有簡單講幾句話而已。
跟他一起來的夫人倒是初次見面，我便慎重地向她問好。
那叫做紫灰色嗎？她是位灰髮透出淡紫色、眼眸呈灰色的柔弱系美女。
「聽說今天的派對參考聖小姐故鄉的形式來舉辦？」
「是的。主要目的以品嘗餐點為主。」
「會場的餐點也全是聖小姐發明的呢。能嘗到傳聞中聖小姐的料理，我非常期待。」
「我也是。感謝您給我們這樣的機會。」
夫婦倆紛紛表示對這場派對的期待。
派對的宗旨也事先寫在邀請函上了。
因此，賓客都知道這場派對是仿照美食祭的形式，提供的餐點來自我原本生活的世界。
搞不懂中間出了什麼問題，才會變成我發明的料理。

「不是我發明的，我只是把故鄉的食物重現出來罷了。希望合大家的胃口。」

「這樣啊。不過，在我們這邊一樣是嶄新的菜色。要是我跟弟弟們聊到今天的事，他們八成會很不甘心。」

「今天兩位似乎都沒來呢。」

「不好意思。他們倆原本就是不太會參加這種活動的個性。」

「請別道歉！我知道他們有工作要忙。」

聽見哥哥所說的「弟弟們」一詞，我不由得露出苦笑。

跟他說得一樣，他的弟弟眼鏡菁英大人及團長不會參加今天的派對。

眼鏡菁英大人跟平常一樣，在宮廷魔導師團的隊舍工作；團長則帶著第三騎士團去有點遠的地方討伐魔物。

順帶一提，師團長也不會參加。

他好像去不同於第三騎士團的地方討伐魔物。

眼鏡菁英大人我不知道，另外兩人感覺真的會不甘心。

要不要找其他機會做今天的餐點給他們吃呢？

在我思考之時，哥哥像要講悄悄話似的，把嘴巴湊到我耳邊。

咦，怎麼了！

他突然靠近，嚇得我心跳加速。

「方便的話，下次請來我家作客。我會把兩位弟弟也叫來。」

「霍克卿。」

哥哥雖然壓低了音量，站在旁邊的連恩殿下好像聽見了。

我睜大眼睛，旁邊的連恩殿下呼喚哥哥的名字譴責他的行為。

這不能怪他。

畢竟在這種場合自己偷跑直接邀請「聖女」，會導致其他人也跑來邀約。

然而，或許是因為在他之前也有其他人這麼做，連恩殿下並未將此視為嚴重的問題。

只是跟別人來邀請我的時候一樣，委婉地勸誡。

不如說相較之下，他的態度顯得比較寬容。

因為他注視哥哥的眼神，比看其他人的時候更加柔和。

是因為那些人沒有光明正大來邀我嗎？

不，比起這個，我有更在意的事。

邀請我去他們家，意思是請我去哥哥家，也就是霍克邊境伯爵家位於王都的別宅做菜的意思嘍？

他開口邀約前我們在聊餐點，所以不甘心是指吃不到今天的餐點對吧？

還是在指其他事？

我煩惱不已，這時哥哥迅速與我拉開距離，笑著道別。

等一下。

不要留下意味深長的話走掉啊。

我的願望沒能傳達到，夫婦倆若無其事地走向會場。

等哥哥離開，我又忙著跟接連到來的客人打招呼。

過了一會兒，人潮中斷後，隨從在連恩殿下耳邊竊竊私語。

客人好像大部分都進場了。

「我們也該去會場了。」

「好的。」

我聽從連恩殿下的指示，點頭走向會場。

◆

進到會場，我最先前往的是搭建在會場最深處的講臺。

因為我是主辦人，必須上臺做開場致詞。

我很想省略這個部分，卻因為這是重要流程的關係沒辦法刪掉。太可惜了。

我站上比其他地方高一階的講臺，感覺到來賓的目光集中在身上。我真的很不擅長像這樣在眾人的注目下說話。

表情會僵住，心臟差點從嘴巴裡蹦出來。想快點結束，去沒有人會注意的地方。

我一面回憶事先想好的講稿一面心想。

好不容易完成致詞，客人們迫不及待前往各自想去的帳篷。

如我所料。

邀請函上也有寫，這場派對的主角是餐點。要見我的話在入口就見過了，希望他們別管我，務必盡情享用。

儘管我這麼想，似乎還是有幾個人往我這邊走來。

嗯——真不想被抓住。

做完開場致詞，我的精神力已經歸零。

實在沒力氣聽只有講過一次話，幾乎可以說不認識的人說奉承話。當作沒看見吧，就這麼辦。

於是，我在連恩殿下的催促下，走向國王陛下與宰相待的帳篷。
重要人物用的帳篷離講臺很近，設置於會場最深處。
騎士們守在入口旁邊，未經允許的人無法進入。
這裡原本是為安全而設置的，同時也是拿來躲纏人貴族的好地方。
這座帳篷跟放有餐點的帳篷不同，入口以外的三個方向都用簾幕遮住。
明明是室外，帳篷裡卻鋪著地毯，上面放了一張折疊式大桌以及同款的扶手椅。
角落還有張用來放水瓶等東西的小桌子。
此外，待在裡面的不只重要人物。
還有護衛騎士、宮廷魔導師、侍從和侍女。
「辛苦了。」
「餐點應該也快送來了，在那之前請好好休息。」
「謝謝。」
陛下和宰相已經在帳棚裡休息。
可能是我一臉疲憊的關係。
看見走進帳篷的我，陛下苦笑著慰勞我。
坐在陛下旁邊的宰相也露出同樣的表情。

我向兩人道謝，癱在侍從幫我拿來的椅子上。
喝了口侍女泡的紅茶，享受短暫的悠閒時光，接著又一位新的大人物登場。
在侍從的帶領下走進帳篷的，是剛才見過面的艾斯里侯爵。
侯爵似乎是一個人來的，沒看見其他人。
相對地，後面跟著一名拿著銀色托盤的侍從。
我腦中瞬間浮現疑問，看到托盤上的東西就明白了。
「國王陛下，久疏問候，祝福您身體安康。」
「噢，不必這麼拘謹。有什麼事？」
「我來將此物獻給陛下。」
「那是紅酒嗎？」
「不。是使用產自我領地的玫瑰做的果汁。」
侯爵拿起放在托盤上的酒瓶交給陛下。
由於裝在同樣的瓶子裡，陛下以為那是紅酒。
只不過，看侯爵特地帶這個東西過來，他似乎有點疑惑。
聽見侯爵的回答，陛下驚訝地「喔」了一聲，大概是覺得意外。
「不嫌棄的話，要不要搭配餐點一起享用？」

「這樣啊。那麼，機會難得，就在這乾杯吧。」
「這不是酒，您不介意嗎？」
「無妨。這也是聖小姐做的吧？」
「啊，是的。」
「本來乾杯要用酒才對，不過既然是聖小姐做的，這樣才符合它的價值。」
侯爵點頭肯定陛下的疑問，將手中的果汁交給侍從。
果然該做成利口酒，而不是玫瑰果汁嗎？
可是利口酒要花時間釀，趕不上派對。
反正陛下都不介意了，沒關係吧。
過沒多久，侍從將裝著果汁的杯子分給大家。
顏色跟紅酒不同，原本的玫瑰色隔著玻璃杯透出來，看起來相當美麗。
眾人紛紛稱讚色澤，侯爵看起來也很高興。
在陛下的號令下乾杯後，大家接著為果汁的香氣讚嘆出聲。
「好棒的香氣啊。」
「是啊。女性應該會很喜歡。」
「沒錯。我事先讓家人喝過，內人及小女都非常喜歡。」

「光飲料就這麼美味啊？真期待等會兒的料理。」

「不敢當。」

陛下看著我表示對餐點的期待，我輕輕一鞠躬。

今天的派對是以跟艾斯里侯爵夫人開茶會時聊到的內容為基礎策劃。

料理全是她們想吃的原來世界的食物，食材則是使用王國各地的特產。

飲品也包含在內，侯爵獻給陛下的玫瑰果汁也是其中之一。

用哪塊領地的特產做什麼樣的料理，全是跟連恩殿下商量後決定的。

而那些決定事項也會知會陛下、宰相與文官等相關人士。

我不知道陛下了解到哪個地步。

不過他立刻跟派對的料理聯想在一起，大概是因為得知果汁是用特產製作的。

然後認為是我提供了食譜。

侯爵在這個時機將果汁進貢給陛下，也證實了這個推測。

順帶一提，找連恩殿下商量的原因，跟挑選來賓一樣。

為了顧及政治方面的均衡性。

而且還必須比邀請來賓時更加注意。

以這個國家的常識來說，光是自己領地的特產被「聖女」選上就夠榮幸了。

再加上如果用特產製作的料理評價不錯，銷量可能會大幅提升。
由於牽扯到名聲及金錢，很多人都想被選中。
因此才不得不思考政治方面的均衡性。
嗯，超麻煩！
「這種果汁有打算在市面上販售嗎？」
「是的。但我打算交給別家商會，而不是我的商會。」
「噢，這樣啊？」
「我的商會光賣化妝品就忙不過來了……」
「哈哈哈……原來如此。沒辦法，聖小姐的化妝品太受歡迎了。」
如我跟宰相說的，玫瑰果汁的製作、販售事宜，我委託侯爵管理的商會處理。
在今天這場派對上提供，能跟果汁一樣個別販售的食物也是。
當然不是免費。
我和各領主推薦的商會簽訂了類似原本世界的授權契約，會視製作數量及販售期間收取費用。
另外，不能個別販售的料理，我打算若有人提出要求，可以在派對結束後簽訂同樣的契約，允許在指定餐廳提供。

這個主意也是連恩殿下想出來的。
起初本來是要由我的商會安排。
然而，如果除了化妝品外還要多賣食品，以商會的規模來說有點難度。
找連恩殿下商量後，他向我提出這個建議。
「託聖小姐的福，我的領地也有所獲益，真是感激萬分。」
「哪裡。我也要謝謝您提供各方面的協助。」
「聽兩位這樣說，商品是在艾斯里侯爵那兒製造的嘍？」
「是的。在聖小姐的提議下，決定採用這個方式。」
「啊，不是，這是連恩殿下的主意。」
「原來如此。這麼說來，莫非其他領地也一樣？」
「是的。我跟有意願的人簽了契約，製造與販售事宜都交給各位領主處理。」
聊到這邊，侍從送來了會場提供的料理。
大概是為求視覺效果，料理裝在大盤子裡放到桌上。
想吃什麼就跟侍女說，讓她幫忙裝盤。
侍者送來的全是連研究所餐廳都沒提供的菜色，陛下他們充滿期待地看著。
甚至還沒開動，大家就熱烈討論起這道菜是用哪裡的特產做的。

儘管如此，幾乎在每道料理送上桌的瞬間，陛下就開口表示：「開動吧。」

一副迫不及待的樣子。

看來我成功回應了他們的期待。

開始用餐後，大家根據味道及香味聊得不亦樂乎。

裡面有許多陛下他們吃不習慣的菜色，幸好評價大致不錯，我稍微鬆了口氣。

「我該去會場看看了。」

「這樣啊……應該會很累，小心點。」

「謝謝您。我會加油。」

陛下的回應別有深意，我露出乾笑點頭。

累是指那個吧。

會被一堆人包圍對吧？

我在內心哭泣並站起來，連恩殿下也跟著起身。

他願意來幫我開路的樣子。

帶著燦爛笑容的殿下身後彷彿有一道聖光。

連恩殿下很擅長應付人，有他在非常令人心安。

我踩著稍微輕盈一點的步伐，與可靠的夥伴一同前往戰場（帳篷外面）。

◆

才踏出帳篷一步，我就被眩目的眼光刺得瞇細眼睛。

等眼睛習慣後，便能看清四周的情況。

來賓們各自在會場中央的桌子前拿取喜歡的料理，吃得津津有味。

從他們高興的表情判斷，可以看出大部分的人都挺滿意的。

目前暫且稱得上成功的樣子。

我忽然感覺到一股視線，不著痕跡地確認，發現是進帳棚前想跟我搭話的人在看我。

他們該不會一直在等我吧？

我有點愧疚，同時也希望他們好好品嘗料理。

嗯——是不是跟他們聊幾句比較好？

正當我感到煩惱時，連恩殿下建議我移動。

「聖小姐，您打算去哪裡？」

「啊……要去哪裡呢？」

「今天艾斯里侯爵千金也有到場，先去跟她打聲招呼如何？」

「就這麼辦。」

他迅速建議無所適從的我去找莉姿。

這麼說來，連恩殿下和莉姿同年呢。

王族與高階貴族的子女應該平常就有交流。

莉姿也是我的好朋友。

我立刻同意連恩殿下的提議。

他毫不猶豫走上前，大概是知道莉姿在哪裡。

從前進的方向推測，目的地疑似是提供玫瑰果汁的帳篷。

玫瑰果汁是用莉姿家領地的特產做的，說不定她在那邊宣傳。

然而，連恩殿下似乎並不打算直接過去。

他邊走邊檢查其他帳篷的狀況。

每座帳篷都人滿為患，目前看來也沒出問題。

共通點在於，那座帳篷的料理用了哪裡的特產，該領地的領主就會跟前來取用餐點的客人介紹。

看來大家想得都一樣。

連恩殿下還順便向領主問好。

我當然也不例外。
在跟領主交談的客人也和我聊了幾句，可以有效進行社交，感覺還不錯。
除此之外，虎視眈眈想要來找我說話的人潮也順利地減少。
因為我在各座帳篷前跟領主們聊天的期間，他們會不時插個幾句話。
幸運的是，沒發生比想像中更麻煩的意外。
基本上都是跟我分享派對的感想，以及稍微推銷幾句領地的特產。
我本來還在警戒會不會和莉姿說得一樣，想介紹兒子給我認識，不過都沒有人提到這個話題。
是因為連恩殿下陪在我旁邊嗎？
不只特產，大家還聊到領地的優點，搞不好是前哨戰。
還有零星幾個請我到領地作客的邀約，但連恩殿下都幫我委婉拒絕了。
理由當然是討伐魔物。
儘管現在的情況大致穩定下來了，國王陛下尚未發布安全宣言。
因此說我還有任務在身也沒問題。
我們就這樣邊走邊沿路巡視，接著看見前方有一大群人。
不，其實我在遠方就發現那邊人特別多。

只是決定先不去在意，專心跟眼前的人交流。

聚集在那邊的是身穿鮮豔禮服的人們，也就是女性集團。

人潮所在的地方好像是玫瑰果汁的帳篷，雖然我早就隱約察覺到了。

在另一種意義上讓人不敢接近。

但我在人群中看見認識的人，只得下定決心走過去。

「莉姿。」

「哎呀，聖！連恩殿下也在。你們特地過來的嗎？」

莉姿以滿面笑容回應我的呼喚。

以她的聲音為信號，在場的貴婦同時對我鞠躬行禮。

等一下，剛剛已經打過招呼了啦！

啊，可是身為王子的連恩殿下也在，那就沒辦法了吧。

連恩殿下請大家抬起頭，她們便挺直背脊，於是我繼續跟莉姿聊天。

「因為我想見妳嘛，不過其他帳篷我也去看過了。」

「原來如此。」

「話說回來，這裡好受女性歡迎呢。」

「對呀。大家似乎都很喜歡果汁的香氣。」

莉姿一提到香氣，周圍的貴婦也紛紛述說感想。
跟剛才陛下說得一樣，玫瑰香在這個世界也屬於女性喜愛的香味。
「這種果汁有什麼功效嗎？」
「效果嗎？」
「是的。聽說料理也有各種功效。」
「啊，的確。但那不是僅限於有料理技能的人做的料理嗎？」
「是這樣嗎？」
在我聽她們聊天的時候，其中一人向我提問。
她們似乎知道料理具有功效，很多人在期待果汁也有什麼獨特的效果。
不僅如此，還有人知道讓料理具備效果的條件。
如這位貴婦所說，擁有料理技能的人做的料理才會有效果。
很遺憾，這些玫瑰果汁是由沒有料理技能的人製造，並不具備她們期待的功效。
聽見莉姿這麼說，大家看起來有點遺憾。
在原本的世界裡，就算沒有技能，食物也有各種功效。
因此這種果汁或許也有不為人知的效果，不如說確實有。
跟原本世界同樣的效果。

順帶一提，與其用料理技能做成果汁，用製藥技能做成藥水會有更大的功效。
但在這個場合提到這件事，絕對會惹麻煩上身，所以我默默閉上嘴巴。
因為——
玫瑰知名的功效是美容方面的嘛。
例如玫瑰果，Rose hip。
據說玫瑰果有美白、美肌的效果。
要是我在這時不小心講出來，肯定會釀成騷動。
千萬不能小看這個世界的貴婦對美容的熱情。
「那我該走了。」
「等等，我也一起去。」
「不留在這邊嗎？」
「嗯。父親差不多要回來了。」
和大家聊了一下，從料理換到其他話題時，我向莉姿道別，她卻說要跟我一起走。
既然她說離開也沒關係，機會難得，我們決定一起逛剩下的帳篷。
下一個目的地是在客人之間蔚為話題的區域。
我們按照前往玫瑰果汁帳篷的流程，邊走邊到各個帳篷露臉，慢慢接近那塊區域。

前面的帳篷人也不少沒錯，那裡的帳篷人潮卻更加擁擠。

那塊區域提供使用迦德拉的食材製作的料理，也就是原本世界的日本料理和中華料理。

我們之前逛過的地方大多以西式料理為主，或是口味接近斯蘭塔尼亞王國的料理。

然而，這裡用的是異國的食材，全是這個國家的人不習慣的氣味和滋味。

所以我有點擔心大家的評價，看來是我太多慮了。

或許是因為裡面有幾道味道獨特的料理，有人將料理放入口中時，露出難以言喻的表情，但吃過一口，他們的表情就轉為驚豔。

嘗到獨特的滋味，兩眼發光的人則更多。

當然也有不喜歡那個味道的人，不過比想像中還要少。

在我跟因珍奇料理興奮不已的人詢問感想時，又發現了認識的人。

她是在艾斯里侯爵夫人舉辦的茶會上見過面的巴爾謝特侯爵夫人。

「您好，巴爾謝特侯爵夫人。」

「啊，聖小姐！歡迎您蒞臨。」

我開口向她打招呼，巴爾謝特侯爵夫人臉上的笑意便更深了，宛如一朵綻放的鮮花。

跟她聊天的其他貴婦好像也有參加那場茶會，一看到我就同時向我問好。

「各位都嘗過餐點了嗎？」

「是的！十分美味。」

「對呀！我們正在跟巴爾謝特夫人分享感想。」

「這些餐點使用了米，所以我以為源自迦德拉，不過聽說是聖小姐故鄉的料理呢。」

「是啊。正確地說是我原本生活世界的外國料理。」

「哎呀！原來如此。」

巧的是，在我跟她們聊天時，又有一道餐點完成。

廚師從帳篷裡端出一個附有兩個把手的大鍋放到餐桌上，在場的人歡呼出聲。

這道菜色彩鮮豔，很容易吸引到人。

這個帳篷提供的是鮮豔的西班牙燉飯。

獨特的黃色米飯，顏色來自跟米和配料一起燉煮的番紅花。

而以番紅花為特產的，正是巴爾謝特侯爵領。

在茶會上聽見特產是番紅花，我第一個想到西班牙燉飯。

所以就決定拿到這場派對上用了。

「看起來好美味！」

「嗯！莉姿還沒吃過對吧？」

「對呀，還沒。」

「那我們也來嘗嘗吧。」

其實我和連恩殿下也還沒吃過西班牙燉飯。

在大人物用的帳篷裡是拿了一些餐點吃沒錯，但我們在西班牙燉飯送上來前就離開了。

我猜現在應該也送到陛下他們那邊了吧？

聽見連恩殿下說要試味道，廚師立刻幫我們將剛煮好的西班牙燉飯裝盤。

由於有人在等這道菜出爐，本來說要讓其他人先吃。

結果反而害大家不好意思，紛紛推辭。

啊——嗯，沒辦法。

在有身分制度的國家，我們可是由「聖女」、第二王子與侯爵千金組成的大人物團體。

於是我們愧疚地向他們道謝，懷著感恩之情享用西班牙燉飯。

三個人一起吃的西班牙燉飯非常美味，莉姿和連恩殿下的評價也很好。

最後我們在中央的桌子前邊吃邊聊天，陸陸續續有人過來搭話，另一個目的——和來賓交流也順利達成。

問題是，邀請我參加社交活動的人不僅沒有跟當初期待的一樣減少，反而還增加了。

除此之外——

我舉辦的「聖女」派對提供的餐點評價也很不錯，未來很長一段期間都被貴族拿來當成話題。

結果，本來想辦這麼一次派對就完事，王宮卻接獲希望我再來辦派對的要求，而我很久以後才知道這件事。

第四幕　祭典過後

派對在盛況中結束的兩週後。

師團長來到研究所的餐廳。

目的是米飯料理。

派對邀請了許多人來，師團長卻剛好沒空。

因為他從不久前開始，就忙著在離王都有段距離的領地討伐魔物。

師團長當然知道我要舉辦派對。

但他似乎沒料到我會在那場派對上提供米飯料理。

也對，米是珍貴的食材，正常人都想不到我會在派對上大肆揮霍。

連說要用來做研究的師團長，都沒拿到這麼多的量。

而且派對上還出現了新的米飯料理。

熱愛米飯料理的師團長得知這件事會懊悔得直跺腳也是無可奈何。

嗯，無可奈何。

不過呀，一聽說消息就在宮廷魔導師團吵著自己也要吃，還親自殺到研究所叫我煮給他，這我還真沒想到。

我還以為他會在更和平的情況下，例如上魔法課的時候來問我。

對了，告訴我他在宮廷魔導師團大吵大鬧的，是追在師團長後面來的成員。

肯定是聽從眼鏡菁英大人的指示來追人的。

他們不斷向我道歉，為我說明事情經過。

最後我答應在研究所的餐廳做米飯料理給師團長吃。

不然師團長大概會賴在這邊不走。

我因此策劃一場在研究所餐廳舉辦的新作料理發表會。

因為沒參加派對的人不只師團長。

包含所長在內，這邊的研究員統統都沒去。

所以我才想說既然要開伙，不如做給大家吃。

平常的供餐方式是讓大家選擇自己想吃的套餐，今天則跟派對一樣採自助餐形式。

除了派對上的料理，還有只在這裡初次亮相的新作。

大部分都是米飯料理就是了。

師團長之前來突擊時，順便問我還有沒有其他米飯料理，我便將做得出來的菜色都列入菜單。

代價是叫師團長幫忙準備。

最好的例子就是自助餐常用的方形保溫器材。

雖然派對上藉由在各個帳篷配置多名廚師來解決保溫問題，但研究所可沒那麼多人手。

既然如此，乾脆將事先做好的食物放進保溫容器裡避免冷掉。

起初我只是請他提供賦予保溫魔法的核，師團長卻非常大方。

不只核，他直接把我想要的東西給我了。

雖然有點不好意思，我就心懷感激地收下嘍。

今後若有同樣的美食企畫，我也會邀請師團長來參加，以示回報。

新作發表會當天上午。

研究所餐廳聚集了比平常更多的研究員。

今天餐廳會提供前幾天派對上出現過的珍奇料理，因此平常傾向挑選冷門時間避開人潮的人也在開場時間一同聚集而來。

我跟所長和裘德他們介紹新菜色時，師團長也來了。

本以為他肯定會帶著宮廷魔導師，師團長卻是隻身前來。

「今天請多關照。我從昨天開始就迫不及待了。」

「我才要感謝您幫忙準備。今天您一個人來嗎？」
「是的。有什麼問題嗎？」
「沒有，只是以為宮廷魔導師團的人說不定也會來。」
「是有人想來沒錯，但我聽說今天這場新作發表會是給自己人參加的，所以沒帶其他人。而且米的量也不多。」
「了解。那麼請自由取用餐點。」
透過剛才的對話，我大概知道師團長為何一個人來了。
為了讓自己盡可能吃到多一點米飯料理，看來他拋下其他人了。
笑著跟我打招呼、彷彿隨時要哼起歌來的師團長一聽見我說可以開動，就直線走向放米飯料理的區域。
我面帶苦笑，看著他的背影。
不只是我，知道師團長有多愛米飯料理的研究員也是。
他占據離米飯料理最近的位置，將每道米飯料理端到座位上。
除了前幾天的西班牙燉飯，還有飯糰、什錦壽司飯、蛋包飯以及炒飯等，桌上全是米飯料理。
一副不打算碰其他餐點的態度。

本以為他會直接開動，師團長做的第一件事卻是鑑定料理。
他大方地使用鮮少人會用的鑑定魔法，調查每道新作料理的效果。
點著頭將鑑定結果寫在憑空取出的筆記本上不時輕聲歡呼，大概是鑑定到具有罕見效果的料理。
嗯，是一如往常的師團長。
師團長雖然很那個，我們家的研究員也沒好到哪裡去。
數名好奇鑑定結果的研究員跑去找師團長，借他的筆記來看。
其中也有順便讓師團長鑑定其他新菜色的強者。
然後鑑定完所有餐點，師團長終於開動了。
「呼。啊，聖小姐。料理十分美味，謝謝妳。」
「不客氣。有什麼新發現嗎？」
「有！這道蛋包飯的材料是不是跟之前吃過的不一樣？」
「我想想……裡面的雞肉飯的料，食材可能不同。」
「就是那個！其實ＭＰ上升率比我之前調查的時候還高……」
我端了杯茶給吃完飯的師團長，他帶著燦爛的笑容跟我道謝。
我也好奇料理的鑑定結果所以問了一下，他激動地解釋起來。

即使是同一道料理，食材不同，效果高低也會改變。

這是當然的，因為藥水也一樣。

然而，對師團長而言似乎並非理所當然，他以今天的鑑定結果為前提，相當興奮地闡述今後的實驗方針。

結束米飯料理的話題後，我們聊到彼此的近況。

我提及有跟師團長同姓的人來參加派對，師團長毫不關心，只回了一句：「是喔。」就結束這段對話。

至於師團長，他最近好像都在努力討伐魔物。

原因除了這是宮廷魔導師團的主要工作之一外，也是因為他想提升基礎等級。

但師團長的基礎等級很高，擊倒王都周邊的魔物也升不了級。

所以他特地前往遠離王都、有強大魔物所在的地區遠征，藉此提升等級。

拜其所賜，師團長的等級比我們剛認識時高了四級，現在是四十九級。

「差一級就五十級了。這樣跟聖小姐的等級差距就縮小到五級嘍。」

「跟我的等級差距嗎？」

師團長開心地說。他突然提到跟我的等級差距，使我有點在意。

我詢問他是什麼意思，話題便轉移到鑑定魔法上。

事情的開端在於鑑定魔法被我彈回去的那一天。
鑑定對象的基礎等級如果比使用鑑定魔法的人高，會把魔法反彈回去。
之前師團長的鑑定魔法被我彈開也是這個原因。
因此師團長才會努力提升等級，以免下次重蹈覆轍。
「下次？之前不是說不用鑑定嗎？」
「那是因為……」
「因為？」
「我想了解妳的一切。」
「請您別開玩笑了。」
跟米飯料理一樣，對「聖女的法術」也有興趣的師團長，大概只是想看「聖女」的狀態資訊。
可是，換個角度想，也可以理解成其他意思。
那句裝模作樣、意味深長的發言，害我明明知道他真正的用意，依然忍不住吐槽。
「那個——十分抱歉，我的等級也提升了……」
「咦？真的嗎？」
以為追上我了，結果又被拉開差距的事實，令師團長難得露出受到打擊的表情。

害他期望落空，我深感愧疚，可惜我的基礎等級也跟師團長一樣有所提升。
連師團長都會遇到瓶頸，等級更高的我卻升級了，推測是因為我淨化了黑色沼澤。
不愧是有大量魔物湧出的沼澤，淨化後好像會得到許多經驗值。
我沒仔細調查過，所以只是個人的感覺啦。
但應該跟我猜的差不多。
因為這麼努力討伐魔物的師團長升四級的期間，我升了兩級。
雖然有可能是因為其他原因。
例如我是來自異世界的人。
考慮到我現在的等級跟升級難度，我的升級速度可以說超乎常理。
「怎麼這樣……」
「呃——最近都沒聽說黑色沼澤的消息，我想您過沒多久就會追上我了。」
想到師團長升四級付出了多少努力，就覺得好不合理。
黑色沼澤的經驗值再怎麼高，目前能淨化它的也只有我一個。
以師團長的實力看來，加點油搞不好能重現類似的淨化魔法，不過這樣好像又搞錯努力的方向。
看見師團長那不至於絕望，卻好不到哪裡去的表情，我心生同情。

我向他說明我推測的原因安慰他，師團長表示：「那也沒辦法。」打起了一些精神。
看這情況，如果他追上我的等級，要我再給他鑑定一次，還真不好拒絕。
一臉悶悶不樂的師團長接著向我提出要求，我苦笑著點頭答應。

◆

辦完派對的某一天，我悠哉地在研究所工作，又被國王陛下和宰相傳喚過去。
派對都平安落幕了，有什麼問題嗎？
我感到疑惑，詢問幫陛下他們傳話的文官為什麼要找我，他回答是想委託我討伐魔物。
好久沒接到討伐魔物的委託了。
這陣子都沒聽說找到了黑色沼澤，難道在某處出現了嗎？
我有點不安，跟所長一同前往陛下的辦公室。
陛下和宰相都在辦公室。
陛下示意我們坐到迎賓沙發上，為前陣子的派對向我道謝。
派對的評價好像不錯，我稍微放心了。
就這樣，陛下簡單轉述來賓的感想後，接著便進入正題。

這次要去王都旁邊的領地討伐魔物。

沒有多大的特色，不像克勞斯納領一樣是軍事物資的重要來源，或者供全國人民溫飽的大糧倉。

只是有條特別寬敞的道路經過，而領都位於那條道路的重要地點。

這次的委託是希望我跟第一騎士團一同前往位在那個領地道路旁邊的森林。

「跟第一騎士團嗎？」

「是的。有什麼問題嗎？」

「沒有。只是因為我第一次和第一騎士團一起討伐魔物。」

之前外出討伐魔物時，都是與第二或第三騎士團同行。

這次則是第一騎士團，所以我才反射性地回問。

第一騎士團裡都是陌生人，因此我有點不安。

宮廷魔導師團的人也會來嗎？

希望裡面有認識的人。

我如此心想，沒發現坐在旁邊的所長面色凝重，這時宰相為我說明跟第一騎士團同行的理由。

由於我淨化了各個地方的黑色沼澤，現在魔物的數量變得比以前少。

儘管如此，還是有地方會出現魔物，便由騎士團裡面最熟悉討伐魔物的第三騎士團前往各地遠征。

第二騎士團也一樣，現在都在外地。

只剩第一騎士團。

第一騎士團平常似乎負責維持王都治安。

不太會去討伐魔物，這個任務卻很適合他們。

因為這次要去的地方不會出現太強的魔物，離王都也很近。

就我聽來沒什麼急迫性。

跟之前去遠征的時候一樣，是基於政治考量才派人過去的吧。

「以上是表面上的理由。」

「什麼？」

聽完宰相的說明，我了然於心，他卻把潑出去的水收了回來。

當然不是真正的潑水，而是譬喻。

「這件事對於前陣子幫忙召開派對的聖小姐實在難以啟齒……」

我錯愕得睜大眼睛，宰相開始坦承。

從結論來說，這次的任務目的在於相親。

契機是前幾天的派對。

宰相說，那場派對的來賓是顧及均衡性挑選出來的，各派系的人物都包含在內。

卻不是完全公平。

先不說隸屬單位，從平常的工作內容看來，比較多偏文官的人。

例如不會參加魔物討伐，而是專門處理經營事務的騎士團成員。

賓客偏向文官當然是有原因的。

首先，和我有關的人大多是藥用植物研究所的成員，或是一起出外討伐魔物的騎士團或宮廷魔導師團，必定會以武官為重，此舉是為了平衡這個差距。

也就是要給平常沒機會認識「聖女」的人一個機會。

另一個原因是，很多騎士團和宮廷魔導師團的人當時去遠離王宮的地區遠征，無法參加派對。

事實上，派對當天第三騎士團團長與宮廷魔導師團師團長也在外地，沒有來參加。

前來參加的都是他們的家人。

可是第二、第三騎士團跟宮廷魔導師團常和我一起討伐魔物，所以沒有怨言。

頂多只是遺憾吃不到派對上的料理。

可是第一騎士團的不滿就無法收拾了。

這次只有他們錯失機會，所以第一騎士團要求和「聖女」一起討伐魔物。

於是這就是現在的狀況。

「這樣呀。這次的討伐行動是基於政治因素發起的嘍？」

「沒錯。抱歉。」

我重新確認，陛下愧疚地回答。

既然這是他們的判斷，我最好遵從。

我不認為他們是百分之百的同伴，但至今以來他們都非常願意為我著想。

對他們有一定的信用在。

這次他們肯定也是因為覺得這樣對我最好，才提出這個建議。

於是我接下這件委託，陛下和宰相宛如鬆了一口氣般地向我道謝。

接著迎來跟第一騎士團共同討伐魔物的那一天。

如宰相所說，出沒的魔物都偏弱，整個過程一帆風順。

說起來，幾乎沒有多少隻魔物。

原因自不用說。

考慮到途中還穿插休息時間，與其說是討伐，或許更接近野餐。

休息時間備有餐點及飲料，跟和第二、第三騎士團同行時一樣。

我邊吃邊與坐在附近的騎士閒聊加深情誼，這部分也一樣。

不同的是騎士們的舉動。

眾多騎士一個接著一個跑來為我服務。

而且一次不只一人。

首先，休息時間一到，騎士會護送我前往他們設置的座位。

然後會有第二位騎士走在另一側，在短短的路程間和他們邊走邊聊。

有兩個人專程護送，即所謂的左擁右抱。

接著由隨行的侍從準備餐點及飲料，不過隨從只會幫忙送到途中。

我身邊的騎士會接過侍從送到附近的餐點及飲料，然後再笑著遞給我。

而這位騎士又跟帶我入座的騎士是不同人。

大家圍成圓形坐下，護送我來的騎士大多坐在我的兩側。

其他座位則坐著四名騎士，包含幫我拿餐點過來的人。

吃飯時間就跟同席的騎士們聊天度過。

順帶一提，每一次的休息時間人員會全部換新，所以都會從自我介紹開始。

其實我認識的宮廷魔導師也參加了這場討伐行動，但他不肯過來。

第一次休息時，我和待在遠處的他四目相交，他只是對我露出愧疚的表情。
總覺得自己像隻被人賣掉的小牛。
這麼說來，第一次跟第二騎士團出去討伐魔物的時候也是這樣。
他們說不定比第一騎士團更誇張。
因為那些人把身為「聖女」的我視為神明，真的把我伺候得服服貼貼。
記得我當時覺得非常彆扭，第二次起就拜託他們跟第三騎士團一樣讓我自己來，不然至少幫我請一名侍從。
我的努力有了回報，第三次起就能安安靜靜地討伐魔物了。
「呼……」
「您累了嗎？」
結束第三次的休息時間，能暫時從騎士們的關心下得到解放時，我忍不住吁出一口氣。
本以為不會有人聽見，可惜還是被發現了。
後方傳來語氣帶著淡淡無奈的聲音。
轉頭一看，是第一騎士團的副團長。
第一騎士團的成員都是優雅有氣質的人。
然而，為了防止有人硬要跟我拉近距離，副團長這位已婚人士以監督的身分參加這場討伐行動。

「有一點。不過已經過折返點了，再撐一下就好。」

「不好意思，害您要勉強自己。團裡的人給您添麻煩了。」

副團長的下半句話，是以周圍的人聽不見的音量說的。

看來他澈底看穿我疲憊的原因。

我以同樣的笑容回應面帶苦笑的副團長。

「我才該道歉。我不太習慣受到這種待遇……」

「團長也曾跟我說過。我也告訴過團員們不要做得太過火……」

我一面跟副團長竊竊私語，一面再度開始移動。

或許是因為我告訴他我疲於跟人交流，之後的路途副團長幾乎都待在旁邊。

不知為何，跟副團長交談的期間，其他騎士都不會靠近。

是因為他事先叮嚀過嗎？

託他的福，我稍微放鬆了些。

剩下的行程也快結束了。

隊伍是在森林中繞著圓圈行走，最後沿原路折返。

到這個階段，離森林的出口就只剩一段路，也有心思留意魔物以外的事物。

我邊走邊採摘不時在路旁看見的藥草，發現一座去程時沒注意到的洞穴。

巨大的洞穴深不見底，從這裡只看得見一片漆黑。

看著眼前的黑暗，我忽然想到在日本玩過的遊戲設計。

遊戲中，森林的魔物比平原多，而洞窟的魔物又比森林更多。

這麼說來，記得上課時教過，這個世界的瘴氣容易積蓄在森林、洞窟等昏暗的場所。

搞不好……

「您怎麼了？」

「啊，不好意思。」

我維持把手伸向藥草的姿勢僵在原地，副團長擔心地詢問。

我在蹲下來踩路邊的藥草時看見洞穴，不小心就這樣想起事情。

專心思考時會維持那個姿勢僵住是我的壞習慣。

我向副團長道歉，急忙摘下藥草。

「那邊有個洞窟。」

「噢，是啊。事先前來調查的團員有回報。」

「聽說那種地方容易積蓄瘴氣，今天不用去看一下嗎？」

「是的。那個洞窟很淺，跟森林裡差異不大。」

我站起來指向洞穴，副團長也面向那邊。
看來事前調查就已經發現，只是我沒注意到。
裡面疑似也檢查過，威脅性不高，所以沒列入今天的搜查範圍。
副團長提醒我該走了，我便離開那裡，邁步而出。
不過，總覺得心裡有個疙瘩。
副團長雖然保證那個洞穴沒問題，其他地方又如何呢？
思及此，我心中浮現一抹不安。
回到王都不久後，我的擔憂化為了現實。

◆

結束精神比身體更加疲憊的討伐行動後，我得到三天的休假。
雖說是休假，我做的事跟平常並沒有太大的差別。
因為所長禁止，頂多只有不能做藥水。
「聖。」
「霍克大人，午安。」

於是，我按照慣例在藥草園澆水，觀察藥草的狀況，這時團長走了過來。

我們好像很久沒見面了。

我將我的感受如實傳達給他，團長告訴我他昨天才討伐魔物回來。

他從舉辦派對前就出發了，看來是去相當遠的地方遠征。

因此，團長從今天起似乎也有三天假可以放。

碰巧跟我一樣。

「您剛回來呀。辛苦了。」

「謝謝。辦派對很累吧？妳也辛苦了。」

「謝謝您。」

「這次是由連恩殿下陪同嗎？」

「對呀。連恩殿下是『聖女』相關事務的負責人，在準備派對時幫了我許多忙。」

「這樣啊。殿下是位優秀的人才，想必進行得很順利吧？」

「是的。我非常感謝他。」

「如果我也能幫忙就好了……」

「別這麼說，您有您的工作嘛。」

「嗯。不過妳的護花使者，我希望是由我來擔任……」

這、這個人！

他還是老樣子會突然語出驚人，希望他能控制一下。

看見他帶著遺憾又憂鬱的微笑，明知道我沒錯，還是有股強烈的罪惡感。

我慌張地試圖解釋，團長卻一副忍不住的樣子，壓低音量笑了出來。

等等，難道剛才那句話是在開玩笑？

我又被耍了？

真是的！

「請不要鬧我。」

「抱歉。但我真的想當妳的護花使者。」

我悶悶不樂地抱怨，結果又中了一招。

這樣呀，原來是真的呀。

總覺得有點害羞，害我不敢正視團長的眼睛。

「是嗎……那下次有機會再麻煩您。」

「嗯。到時我很樂意為妳效勞。」

我微微移開視線提到下一次機會，團長似乎笑了。

「話說回來，我聽參加的人說有很多新菜色。」

「是的。半數以上都是新作。」
「如果沒有要到外地討伐魔物，我就能參加了……沒吃到真的很遺憾。」
「雖然不是全部，餐廳吃得到其中幾道喔。」
「真的嗎？」
「是的。啊！記得今天的午餐就是！方便的話要不要一起吃頓飯？」
派對上出現的餐點中，有幾道開始在研究所的餐廳提供。
然後今天的每日特餐也是派對上的料理。
我想起這件事便邀請團長共進午餐，團長二話不說地答應了。
儘管不是正午，現在勉強算得上午餐時間。
我們馬上移動到餐廳。
「好美的顏色。這是什麼料理？」
「這是叫做西班牙燉飯的米飯料理。」
「原來就是它。喔，我聽說有道米飯料理的顏色很漂亮。」
「對呀。」
今天中午的每日特餐是西班牙燉飯、番茄醬燉雞肉、沙拉和蔬菜湯。
黃色的西班牙燉飯配上紅色的番茄醬與綠色的沙拉，色彩十分鮮豔。

由於要考慮到運送問題，西班牙燉飯用的不是海鮮，而是豬肉。豬肉和雞肉，今天的菜色真多肉。

可是團長好像很滿意。

他注視料理的雙眼閃閃發光。

派對的來賓是很滿意沒錯，但團長喜不喜歡就另當別論了。

這道菜在吃不習慣的米飯料理上，用了番紅花這種陌生的香料，因此我有點擔心會不會合團長的胃口。

幸好是我杞人憂天。

或許是因為調味方式偏西式，團長稱讚它美味，甚至又吃了一盤。

「話說回來，妳也是昨天才回王都的。」

「對呀。不過距離很近。」

「狀況如何？」

「嗯——魔物很少，所以沒什麼討伐魔物的感覺。」

「這樣啊？」

「是的。跟之前去南方森林時一樣。」

吃完午餐、收拾好餐具後，由於無事可做，我們便留在餐廳喝下午茶。

團長邊喝茶邊跟我聊到前幾天的討伐行動。
聽見我說是去王都附近，感覺跟南方森林差不多，團長似乎就明白了。
他用手掩住嘴角，眼睛卻彎了起來，一眼就看得出來是在忍笑。
反正八成是想起了在南方森林發生的事。
是是是，有我在的話弱小的魔物就不會出現對吧。
很久以前就流傳著這個說法，「聖女」光是存在就能讓周圍的瘴氣減弱，魔物也會減少出沒。
用不著多說，單憑我噘起來的嘴巴，團長就知道我為何鬧脾氣。
他忍不住真正笑出聲。
「聽說這次是和第一騎士團共同行動。」
「是的。我第一次跟他們一起去……」
「發生了什麼事嗎？」
笑了一陣子，團長露出有點嚴肅的表情改變話題。
他關心的是我的同行者。
他知道我是跟第一騎士團同行，大概是因為他是第三騎士團的團長。
老實說，整個過程非常累。

主要是精神方面。

可是，我有點煩惱該不該直接告訴他。

所以我支支吾吾的，團長立刻面露擔憂。

「啊，不是的。沒發生什麼事，只是有很多閃亮的人……」

「閃亮的人？」

「像第二騎士團那樣，那叫公主般的待遇嗎？」

我連忙說明，團長的表情從擔心轉為疑惑。

這形容太抽象了嗎？

不過要怎麼說才能表達清楚呢？我邊想邊語無倫次地描述跟第一騎士團的相處模式。

回想起來還真是公主般的待遇。但以這個國家的紳士禮儀來說，又覺得沒什麼問題。

會不會只是我平常都不參加社交活動所以不知道而已，其實這是貴族正常的待人方式？

我在最後跟團長確認，團長顯得有點不知所措。

可以這麼說，也不能這麼說——他給予我的是模稜兩可的回答。

好吧，或許是因人而異，畢竟世上有各式各樣的人。

我想改變這尷尬的氣氛，接著詢問團長的遠征之旅狀況如何。

我的計畫好像成功了，團長的表情恢復原樣，開始跟我分享經歷。

可能是我到處淨化黑色沼澤的關係，這陣子全國的魔物數量趨於穩定。

可是，最近有些地方的魔物又變多了。

團長這次遠征的目的就是要去那些地區調查原因。

他去的是離王都非常遠的地方。

在這個國家，離王都越遠的區域，會出現越強的魔物。

因此那裡的魔物比王都周邊還強，不只騎士，連團長都參加了。

「那知道魔物變多的原因了嗎？」

「不，還不清楚。可疑的地方倒是搜過了。」

「魔物變多的地區有沒有共通點？」

「這也調查過了，似乎沒有。」

團長也參加了討伐行動卻查不出原因。

也沒有共通點。

魔物變多可是足以影響國家的重大事件，照理說會派出大量的人手調查。

而且還是在王宮工作的優秀人才。

這樣都查不明白，代表原因錯綜複雜嘍？

還是說……

想到這裡，前幾天的畫面掠過腦海。

「可疑的地方是什麼樣的地方？」

「首先是森林吧，其次是平原。如果有湖泊等有水的地區，就調查周圍的區域。」

「洞窟和洞穴裡面不會調查嗎？」

「這部分也有列入調查對象中，但還有很多地方沒搜過。」

據團長所說，人手不足以一次就把所有可疑地點調查過。

因此他們重視效率，從比較可疑、容易調查的地方下手。

既然想到了，我便提出洞窟的可能性，結果有些地方連小洞穴都沒發現，更遑論洞窟。

若要尋找連在哪裡都不知道的洞穴，還要派人調查，可以理解人手根本不夠。

「說不定那種地方出現了黑色沼澤。」

「有可能。」

我們談論這些事情的隔天，王宮傳喚我過去。

真是一語成讖。

在某領地的洞窟內，發現了黑色沼澤。

第五幕　霍克領

找到第一個黑色沼澤後，各地接連傳出消息。

在各地的洞穴及洞窟內，同樣出現了黑色沼澤。

雖說不至於看到一個就表示有一百個，但真的是一個接一個。

或許是因為之前沒搜索的地方，現在有人力調查了。

找到的黑色沼澤大小各異，不過各地的沼澤不分大小，都被我淨化了。

又要繞全國一趟雖然有點累，幸好勉強應付得來。

排山倒海而來的事件通知就此中斷，才剛鬆一口氣，就有人委託王宮派出騎士團。

聽了詳細的委託內容，國王陛下決定派「聖女」親自前往。

委託王宮派騎士團出動的，是團長的家族霍克家。

霍克家的領地在遙遠的王都北方，如邊境伯爵這個爵位所示，位於國境邊緣。

領地內還有通往其他國家的官道，是國內的要衝之一。

由於必須戒備他國的侵略，霍克領有比其他領地更多的士兵駐守。

人員組成是捍衛國境的王國軍、守護領地的霍克家私兵，以及傭兵團。

這些士兵的工作對象不只是人，出沒於各地區的魔物當然也包含在內。

多虧比其他領地更多的士兵，就算在這個時代，他們仍然沒有借助騎士團的力量，一路防守了過來。

是平常不會向王宮求援的家族。

如今這麼一個統治重要地區的家族提出要求，陛下也將這件事看得十分重要。

王宮的動作很快，接獲霍克家請託的一週後，我就跟騎士團一同離開王都。

時間很趕，所以沒辦法和去克勞斯納領的時候一樣，在各地的領主家久留。

由於霍克領位於國家邊界，即使中途沒有繞路，還是花了比去克勞斯納領更久的時間才抵達。

「嗯——」

我走下馬車，雙手舉到頭上，伸了個大懶腰。

一直維持同一個姿勢導致我身體僵硬，全身上下都在喀喀作響。

「有點累了呢。」

「嗯。這次休息完，就能直線駛往領都了？」

「是的。」

從同一輛馬車上下來的師團長也扠著腰伸展身體。

連習慣遠征的師團長都為移動到國家邊界的漫長路途感到疲憊。

「聖，妳累了吧？去那邊休息。」

「不好意思。謝謝。」

轉頭一看，團長指著身後說道。

我跟他道謝，走向他指的地方。

望向深處，有塊代替野餐墊的白布鋪在地上，上面的盤子裝著輕食。

白布周圍還備有折疊椅。

似乎是隨行侍從在我們下車的短暫期間內準備好的。

我們各自坐到椅子上，隨從就送上裝在馬克杯裡的茶。

我向他道謝並接過馬克杯，手掌感覺到一股暖意。

霍克領的氣溫比王都還低，我覺得有點冷，這杯熱茶來得正好。

我喝了口茶，輕聲吐氣。

往遠方看過去，能看見被雪染成白色的山頂。

外觀跟日本阿爾卑斯山很像的那座山，看起來非常高。

「好溫暖。」

「對啊。」

同樣在喝茶取暖的師團長悠哉地說，看起來很暖和的樣子。

我點頭回應，又喝了口茶。

「這一帶標高也有點高。」

「是山岳地帶嗎？」

「沒錯。虧妳知道。」

「出發前我查了一下。事前調查是很重要的。」

霍克領大部分是山地，全年氣溫都比王都低。

此外，斯蘭塔尼亞王國的第二大湖也在這塊領地內。

湖畔還有知名觀光地。

這些知識是我在王宮上課時學到的。

要說上課提過與討伐有關的重要情報，就是魔物的強度了吧。

這個國家的魔物具備離王都越遠越強的特性。

因此位於國境的霍克領，會出現全國最強的魔物。

派第三騎士團參與這場討伐行動的原因也在於此。

第三騎士團在王宮的騎士團中，是最熟悉討伐魔物的部隊。
而且宮廷魔導師團的師團長也在。
師團長不是跟之前一樣鬧脾氣硬要跟來的。
而是聽從陛下的命令加入討伐隊。
從這些堪稱火力過剩的成員看來，不難想像陛下將這場討伐行動看得有多難。
「那麼，差不多該出發了。」
「好的。」
喝完茶，團長宣布休息時間結束。
周圍的人也以此為信號，開始收拾東西。

馬車重新駛向前方，在大約兩小時後抵達目的地。
跟克勞斯納領一樣，霍克領的領都四周也被城牆圍住。
城牆周圍還有積滿水的護城河，好像是從河川引水來的。
另外，克勞斯納領的地形是丘陵，這邊則是平地。
從前進方向看來，領都緊鄰官道左側，最左邊有一座城堡。
城堡、街上的建築物與屋頂顏色都是深藍色，氣氛平靜沉穩。

進到街上我才發現，乍看之下是平地的城市，多少也有高低差距。
其中城堡位於最高處，前方的一小段路是上坡。
以為是獨棟建築物的城堡，其實是由好幾棟建築物構成。
看不出總共有三層樓還是四層樓的建築物排在一起，宛如一座城牆。
聽團長說，領主一家就住在這些房子中的其中一棟。
馬車穿過城門，停在前方的中庭。
跟事前聽說的一樣，以領主為首的許多人，在有一扇大門的宅邸前等候。
這裡就是領主家吧。
等待我們的是疑似領主的壯年男子、疑似其夫人的女性，以及幾位傭人。
領主夫婦站在最前排的中央，傭人們則在他們背後排成一大排。
貴族家都是這樣嗎？
這個畫面熟悉到我不禁產生這樣的感想。
我扶著團長走下馬車，抬起頭便跟疑似領主的男性四目相交。
他立刻露出溫和的微笑。
我在團長的引導下走過去，於適當的距離止步，男子便開口說：
「感謝各位遠道而來。初次見面，我是領主赫爾穆特·霍克。」

「我是他的妻子克勞蒂亞。」

「初次見面，我是聖・小鳥遊。」

如我所料。

跟我打招呼的是團長的雙親，霍克邊境伯爵夫婦。

領主是金髮灰藍色眼睛，跟團長一樣。

髮色比團長深，要說的話比較像擔任軍務大臣的長男。

領主夫人則擁有一頭微捲的銀髮及淡紫色的眼眸，給人溫柔的印象。

隨著陽光的角度不同，她的頭髮有時看起來像水藍色，所以正確地說應該不算銀髮。

這樣一看，明顯看得出三兄弟都跟雙親有相似之處。

軍務大臣完全像領主；眼鏡菁英大人的相貌及瞳色像領主，髮色像領主夫人；團長是髮色瞳色像領主，相貌像領主夫人。

我心裡思考著這些事，但並未忘記回應對方。

我配合領主夫婦的問候，拎起身上的長袍鞠躬行禮。

接著由率領討伐隊的團長及師團長向他們問好。

明明是一家人，團長的態度卻很嚴肅，大概是因為現在處於工作模式。

但那也只有剛開始而已。

邊境伯爵對他說：「你回來啦。」團長便輕笑著低聲說：「我回來了。」

「經歷如此漫長的旅途，各位都累了吧？晚餐前的這段期間，請在屋內好好休息。」

「謝謝您。」

領主夫妻跟大家打完招呼，沒有繼續講下去，而是立刻帶我們到房間。

似乎是在為我們的體力著想。

儘管路途中夾雜了休息時間，還是很感謝他們的貼心之舉。

就算長時間維持同樣姿勢導致的身體痠痛及疲勞能用恢復魔法治療。

就這樣，我跟著侯爵夫人，其他人則是在管家的帶領下，移動到各自的房間。

◆

抵達各領地之後的行程，基本上都一樣。

雖然要視抵達時間而定，當天晚上都會跟領主一家共進晚餐，除非我們真的很不舒服。

在霍克領的時候也一樣。

帶我們來到各自的房間時，領主招待大家今晚一起用餐。

餐廳裡有五個人。

領主夫婦、團長、師團長和我。

人都到齊後，領主便宣布開動。

桌上是用霍克領的特產做的料理。

一聽說是特產，就讓人想到之前那場派對，但眼前這些料理並不是以當時的餐點為基礎製作的。

也不是用王都流行的藥草製作的料理。

而是當地料理。

「用了好多起司呢。」

「是的。這塊領地盛產起司，有各種口味的起司喔。」

我看見桌上的各種起司料理開口說道，領主夫人微笑著為我說明。

雖然料理上的起司種類各異，但都都產自霍克領。

「這瓶白酒喝起來也好順口呢。跟每道料理都很搭，非常好喝。」

「您喜歡就好。那也是在這塊領地釀的酒。」

我知道起司是霍克領的特產，倒是第一次聽聞這裡還有在釀酒。

原來如此。

所以才有那道料理。

團長告訴我的料理，名為起司鍋。

將白酒加熱後加入複數起司攪拌而成的料理。

在霍克領普遍都是用麵包沾著吃，拿來沾水煮蔬菜和煎培根也很美味。

那不是貴族晚餐會吃的菜色，所以今天的餐桌上看不見，可是能在街上的餐廳吃到。

除了起司鍋，還有燒烤起司、焗烤之類的料理。

本想趁停留在霍克領的期間吃一次看看，不過要忙著討伐魔物，可能有點難。

好可惜。

大家開始用餐後，主要說話的是領主夫人。

領主跟團長都只有偶爾插幾句話，師團長也只會應聲。

餐廳裡只聽得見女性的聲音。

該不會霍克家的男性大多沉默寡言？

不，從團長平常的樣子和眼鏡菁英大人看來，應該沒這回事。

搞不好是覺得同性聊起天來比較愉快，不想打擾我們。

「咦！這裡有溫泉嗎？」

「是的。這座城市北方有座湖泊，湖畔有會湧出溫泉的地方。」

於是我和領主夫人和樂融融地聊著霍克領，此時出現了一個不容忽視的詞彙。

居然說有溫泉？
不能怪我這麼興奮。
因為溫泉是我在日本生活時就很嚮往的地方。
其實包含在日本的時候，我去過溫泉的次數屈指可數。
頂多只有在家族旅行的時候去過吧？
出社會後，難能可貴的假日常常一個星期只有一天，光把積了一個星期的家事做完就是極限。
因此溫泉對我來說是高不可攀的存在。
被召喚過來後，我從未聽人提過它，還以為這個世界沒有溫泉，原來有呀……
現在比在日本的時候有空，不曉得有沒有時間去？
好像可以。
問題是現在在工作。
等事情解決後，有辦法抽出一些時間去嗎？
等等私下去問問團長好了。
「小鳥遊小姐對溫泉有興趣？」
「是的。我的故鄉也有溫泉，可惜沒什麼機會去，一直希望哪天能泡到。」

「這樣啊。有溫泉的城鎮裡頭也有我們家的別墅。不介意的話，請務必到那兒作客。」

「可以嗎？」

「這還用說。」

在我心繫溫泉時，領主提出一個非常誘人的建議。

一定是因為我期待得兩眼發光的關係，團長立刻詢問：「討伐完魔物要不要去看看？」

這也是令人高興的建議。

我當然開心地答應了。

把這當成討伐完魔物的獎勵，工作起來也會比較有幹勁。

根據團長所說，雖說有溫泉湧出，那個地方並未發展成觀光地。

使用者主要是霍克領的居民，霍克家的士兵和傭兵也會去泡溫泉，緩解討伐魔物帶來的疲勞。

簡單地說，不是貴族用的那種豪華設施。

沒有販賣奢侈品的商店、吃得到豪華美食的餐廳與高級的咖啡廳。

我只要能泡溫泉放鬆就滿足了。

不過，同時也覺得有點可惜。

溫泉在這個國家很稀奇，就像我之前從來沒聽過有人提到一樣。

只要好好經營與宣傳，應該會有很多人來觀光吧？
特別是有那個店的話……
聽著團長的說明，我如此心想。
或許是因為這樣吧，我的嘴巴不小心冒出一句話。
「按摩師……」
「按摩師？」
脫口而出的似乎是他沒聽過的詞彙，團長一臉疑惑地詢問。
我心想「糟糕了」，同時急忙解釋。
「呃，那個，不是說騎士也會去泡溫泉嗎？」
「是沒錯……」
「溫暖身體後接受按摩，有助於紓解疲勞喔！所以我想說，如果有泡完溫泉可以去按摩的店就好了……」
團長剛好在跟領主聊到，想讓同隊的騎士也使用溫泉設施。
我想起剛才心不在焉聽見的對話，勉強跟上話題。
儘管最後一句話越講越小聲，聽我講得好像有道理，團長和領主都沒再繼續過問。
然而，領主夫人並未讓這個話題結束。

「效果只有紓解疲勞嗎？」

「呃——我不太清楚耶。啊！說不定還能改善後遺症的症狀。」

「改善後遺症的症狀？」

「那個，就是運動功能異常，可以改善受傷後四肢會變得行動不便的症狀之類的。」

領主夫人面帶微笑，總覺得她的眼神有點恐怖，但我撐過去了。

努力撐過去了。

要是我不小心說出還有美容效果，隱約可以想像之後會發生什麼事。

接著，為了避免被領主夫人逼問，我舉出改善經常發生在騎士們身上的後遺症為功效當例子。

不只團長，領主也對此深感興趣。

或許是因為領都內有許多士兵。

討伐魔物時免不了受傷。

我還跟他們提到能讓僵硬的肌肉放鬆的按摩法，以及用在按摩上會更有效的精油。

出乎意料的是，聊到精油時，師團長也有興趣的樣子。

他向我提出各種跟精油有關的話題。

不過他問的是有沒有辦法藉由按摩和精油提升魔力操作能力，瞬間又不怎麼意外了。

他是聽見按摩能促進血液循環，才產生了這個疑惑的樣子。
魔力跟血液有關嗎？
有機會的話，問問師團長好了。
順帶一提，我還遭到領主夫人的逼問。
她問我泡完溫泉按摩，是不是有助於美容。
用來按摩的精油也會用在化妝品上，所以很容易就能聯想到美容。
身為社交界這個戰場上的猛將，邊境伯爵夫人不可能沒發現。
我承受不住領主夫人第二次蘊含期待的目光，答應討伐行動結束之後，會再找時間跟她詳談。
接著我們聽說了霍克領的各種知識，度過和諧的晚餐時間。

◆

隔天，領主和我們說明這場討伐行動的狀況。
魔物變多的地方在領地內的某座礦山周圍。
跟有溫泉的區域屬於不同地區。

礦山離領都有段距離，需要耗費數日的時間移動。
附近有給礦工及擔任護衛的士兵暫居的聚落。
這個聚落遠比領都還要小。
聽說裡面只有礦工住的房子、管理礦工的人住的房子，以及提供聚落居民用餐的餐廳。
雖然一直在那邊生活很不方便，如果只是短期居住，這樣就足夠了。
礦工會住在聚落是有原因的。
礦山位於山中，附近有許多魔物，除了有能力對付魔物的礦工以外，其他人有點難在那邊定居。
因此礦工的家人全住在稍遠處的村落。
簡單地說，礦工都是單身赴任的人。
村子位在平地，鮮少受到魔物的襲擊。
此外，有販售生活必需品的商店，也有娛樂區。
所以礦工一到假日，就會回到家人所在的村子。
我們搭乘馬車悠哉地從領都出發。
經過數日抵達了目的地。
聚落用木頭及石頭做成的牆壁圍住。

跟事前聽說的一樣，房子的數量只夠剛好給礦工居住。

不過，有一座小廣場給護衛以外前來討伐魔物的士兵用。

我們決定於這座廣場搭露營用的帳篷，在那邊露宿。

騎士們搭建帳篷的期間，我和團長、師團長前去跟這個聚落的管理員打招呼。

管理員因為平常不會有機會見到的重要人物——主要是我——在場的關係，顯得誠惶誠恐，為我們說明周遭的情況。

這陣子果然有許多魔物出沒。

而且最近出現的還是跟之前不同種的魔物。

「不同種的魔物啊……」

「是、是的。之前出現的都是活著的魔物……」

活著的魔物？

管理員的措辭令我有些在意。

不只我有這種感覺。

團長接著深入追究，管理員提心吊膽地開口說：

「就是……那個……牠們不是生物。」

「不是生物？」

「沒錯……」

「……意思是屍體在動嘍？」

「……是的。」

聽見屍體會動，我不由得皺緊眉頭。

是那個對吧——原來是那個啊——

肯定是我想到的那種魔物。

管理員好像不認識那種魔物，聽了實際遭遇的人的說明，依然半信半疑。

因此向我們報告時也戰戰兢兢的。

相反地，去過各種地方討伐魔物的團長和師團長知道有這樣的魔物存在。

他們鎮定地說出他的種類。

「是喪屍嗎？」

「似乎是。」

之前聊到聖水時，師團長提過一些，所以我知道這個世界有不死系魔物。

只不過，那可不是會讓人想遇見的魔物。

首先外表就是最大的問題。

在日本遊戲裡出現的喪屍，分為長得好看的跟長得不好看的。

師團長說這個世界的喪屍也是兩者都有。
然而，管理員既然明白斷定牠們**不是生物**，很可能是光從外表就看得出來的狀態。
也就是說，出沒於聚落周圍的魔物並不好看。
這樣的話，下一個問題是氣味。
雖然我從來沒聞過屍體的味道，只能用想像的，不過八成不會多好聞。
實際上，判斷該種魔物疑似是喪屍的團長跟師團長也帶著尷尬的表情。
不過原因未必是討厭喪屍的氣味就是了。
「那種魔物只會在礦山中出現嗎？還是外面也有？」
「比較常在礦山中出現，但也有人說在外面看過。」
「這樣啊……」
師團長向管理員確認喪屍的出現場所有沒有特別集中在哪個區域。
聽見回答，他將手抵在下頷上沉思。
「怎麼了嗎？」
「沒事，我在想要用什麼樣的魔法打倒牠。」
我好奇他在想什麼，於是開口問道，師團長說他在煩惱要用哪種魔法。
為何要在意魔法的種類？

我沒聽過有專攻不死系魔物的魔法呀。

我更進一步地詢問，師團長說他在想能不能用火屬性魔法。

原來如此。

師團長會用所有屬性的魔法，其中最擅長的就是火屬性。

看來我沒猜錯。

師團長在最後補上一句：

「用火屬性比較有效率……」

他小聲補充的這句話，讓我在想起他擅長火魔法的同時，也被人叫做戰鬥狂。

聽完管理員的說明，我們移動到騎士團的帳篷。

騎士團今後的行事方針照舊。

分成好幾個小隊先調查四周，視結果決定接下來的行動。

就這麼簡單。

但我和師團長打算以調查為由做其他事。

師團長按照慣例，要去掃蕩附近的魔物提升等級。

我要做的事也一樣。

我當然也會跟著調查魔物，不過我也打算調查看看生長在這一帶的藥草。

為了避免意外，我事先徵求團長的同意，他笑著說：「妳還是老樣子呢。」
不好意思……
隔天起，我開始在周圍巡視。
俗話說「百里不同風，千里不同俗」，不時找得到王都附近沒有的藥草。
還有我只在圖鑑上看過的藥草，發現時我激動得心跳加速。
我為此興奮不已，小心翼翼地採摘。
「那也是藥草嗎？」
「不知道。」
「不知道？」
「是的，因為從來沒看過這種草。我想說搞不好是藥草，為求保險起見才先摘下來。」
我仔細觀察手中的草，這時跟我一起來的團長叫住了我。
如我跟團長所說，這株草是從未見過的植物。
說不定有藥效。
我打算做成標本，回王都後翻閱圖鑑查查看。
這種時候我總會覺得，如果我會用鑑定魔法就好了。
這樣就能當場鑑定做取捨。

可惜我不會用，只能慢慢用查的。
啊，還是之後去請師團長幫忙鑑定吧？
難得跟他共同行動，就問問看吧。
「聖。」
「是。」
我將摘下來的草放進掛在肩上的背包，團長突然小聲呼喚我。
與我們同行的騎士們也立刻戒備起來。
過沒多久，我盯著團長所指的方向，看見遠方有隻豬型魔物。
站在前頭的騎士發出信號，大家便同時朝魔物發動攻勢。
第一隻很快就擊倒了，但看不見的位置似乎還有牠的同伴，戰鬥尚未結束。
儘管如此，我方全是身經百戰的戰士。
大家都集中精神，依序將魔物一隻隻解決掉，戰鬥在無人受重傷的情況下落幕。
「數量果然很多。」
「是啊。有聖在還這麼多。」
「這話是什麼意思？」
雖然我早有預料，魔物出現的頻率高，數量也多。

聽見我這麼說，身旁的騎士也點頭附和。
不過，最後那句話是多餘的。
我忍不住瞇眼瞪過去，騎士忍著笑跟我道歉。
真是的。
團長也跟著笑出來，可是笑了一會兒，他的表情就轉為嚴肅。
「數量多成這樣，果然有那東西在吧。」
「沒錯……」
騎士們聞言也繃緊神情。
用不著說出口，大家想得都一樣。
魔物這麼多，八成如我們所料，黑色沼澤存在於某處。

第六幕　不死的魔物

調查完四周，我們在礦山深處找到了黑色沼澤。

礦工們說過，礦山裡面的不死系魔物比外面還多，所以我大致有猜到這個情況。

接獲通知的隔天，我們立刻動身前去淨化黑色沼澤。

「『光明』。」

同隊的宮廷魔導師使出生活魔法「光明」，一顆淡淡的光球飄到空中照亮四周。

這個世界的人都會使用生活魔法，使用時會消耗ＭＰ。

一般人的ＭＰ並不多，因此平常是靠用火點亮的普通油燈或提燈過生活。

礦工在礦山內部使用的光源，也是以普通的提燈為主。

只不過，討伐魔物時很可能會弄壞提燈，因此有多餘ＭＰ的人會用「光明」負責照明。

這次也一樣。

周圍變亮的瞬間，深處傳來一陣拍翅聲。

逐漸看得清輪廓的，是蝙蝠型魔物。

聽說地點在礦山的時候，我就覺得可能會有蝙蝠，果然如此。
我立刻為大家施加輔助魔法，騎士們紛紛上前。
他們合作無間，順利擊倒魔物。
戰鬥結束後，我們再度向礦山深處前進。
礦山中出現的不只蝙蝠型魔物。
還有狼型和蜥蜴型魔物。
但不是一般的個體，大多數身體都被岩石覆蓋住。
原因似乎在於礦山裡土屬性的魔物較多。
越接近深處，魔物的數量就越多。
我猜是因為黑色沼澤接近了。
礦山內部跟森林不同，不是開闊空間，魔物密度感覺比較高。
只不過，攻擊方向也遭到限制，所以戰鬥起來或許比較輕鬆。
而且礦山的牆壁都是由土或岩石構成，和森林不同，不必擔心周圍著火。
這樣一來，師團長就能大顯身手。
他接連使出最擅長的火屬性魔法，讓我們前進時並未受到任何阻礙。
當然，遇到土屬性魔物時，他會改用針對弱點的風屬性魔法。

大家推測這麼做是為了追求效率。
剩下的部分，他大多都是用火屬性魔法應對。
過沒多久，魔物的種類有了變化。
途中開始冒出零星的不死系魔物。
我們遇到的魔物是動物型，身體各處都腐爛了。
而跟大家擔心的一樣，臭味十分強烈。
遇見第一隻的時候，我還不小心吐出來。
因此跟不死系魔物戰鬥時，我都儘量不要呼吸。
然而，凡事都有極限。
要維持停止呼吸的狀態戰鬥太難了，最後我拿出身上的布摀住口鼻。
儘管效果不大，有總比沒有好。
我看最好發明個類似防臭口罩的東西，以便在下次討伐有臭味的魔物時拿來用。
原本的世界有那種口罩，不曉得是用什麼樣的原理製造的？
這實在不是我的專門領域，所以我一頭霧水。
只能從頭研發了嗎？
有沒有人光聽我想要什麼東西就願意研發？

我邊走邊仔細思考防臭口罩的問題，終於抵達黑色沼澤。
跟事前聽說的一樣，沼澤並不大。
不過，不死系魔物接連從中湧出。
雖然隔著一塊布，還是隱約感覺得到臭味變重了。
得快點淨化掉，想辦法處理這股臭味。
「在這裡停下。重新施展一次輔助魔法。ＨＰ和ＭＰ的殘量也要留意。」
「「「是。」」」
「那我要用魔法嘍。『範圍治癒』，『範圍防護』。」
「「「十分感謝！」」」
急歸急，我們並沒有直接衝進去。
沼澤周圍有許多魔物，等等無疑會展開一場連戰。
開戰前通常要先停下來做準備。
眾人聽從團長的指示，在沼澤附近不會被魔物看見的位置停下。
喝藥水補充ＨＰ及ＭＰ，重上一遍輔助魔法。
跟遊戲裡頭目戰前的情況一樣，各自做好準備。
就這樣，正當大家準備出發，團長用手抵著下頷說：

「不好意思，我可以做個簡單的實驗嗎？」
「實驗嗎？」
「是的。我想試試看我是不是也能淨化黑色沼澤。」
師團長說，他一直很介意在研究所的新作料理會上跟我聊到的那件事。
超過一定濃度的瘴氣會變成魔物，王宮猜想黑色沼澤是不是由更濃的瘴氣變化而成。
師團長由此推測出，黑色沼澤會不會跟魔物一樣，也能用「聖女的法術」以外的方法來淨化。
這麼推測的他想先測試能否用聖屬性魔法淨化黑色沼澤。
「就算沒辦法淨化也沒關係，我想看看會不會有影響。」
「您選擇用聖屬性魔法，是因為類型跟『聖女的法術』相近嗎？」
「那也是其中一個原因……」
師團長本來想發明專門用來淨化黑色沼澤的魔法而實際測試，可惜尚未發明出來。
於是只好拿次佳方案的聖屬性魔法測試。
「都這時候了，竟然要做實驗啊？」
「是的。這次的沼澤不大，剛好可以拿來做實驗。」
「可是你看看魔物的數量。若要由你以外的人負責應對，可能會忙不過來喔？」

聽他說明完原因，團長面色凝重地叫住師團長。
雖然團長和師團長地位相同，但現在率領討伐隊的人是團長。
得知他要做實驗，團長自然無法默不作聲。
他說得沒錯，少了師團長的助力，在「聖女的法術」發動的期間，大概得費一番工夫對付魔物。
在其他地方淨化黑色沼澤時也很累人。
師團長照理說也知道。
他卻並未因此放棄。
「不過，有一試的價值。假如聖屬性魔法可以淨化，聖小姐以外的人也能處理了。」
「這……確實，假如其他人也能處理，應該是件好事……」
「只有第一擊讓我來就好，拜託了。」
「……唉——我知道了。好吧，只有最開始的一擊喔。」
「謝謝！」
結果，團長勉為其難答應師團長的要求。
或許是覺得這不是個好戰術，卻是個好戰略。
儘管聽起來很有道理，但我不知道他是不是真的這樣想。

得出結論後，戰鬥隨著師團長的號令揭開序幕。

「那我要上了。『聖光箭』。」

聽見魔法名稱，我忍不住轉頭望向師團長。

「「「！！」」」

因為我從來沒聽過「聖光箭」這種魔法。

其他魔導師也一樣一臉錯愕，因此那恐怕是新魔法。

雖然沒能研發出專門淨化黑色沼澤的魔法，倒是發明了新的聖屬性攻擊魔法。

新魔法可不是一朝一夕就發明得出來的東西。

不愧是師團長。

「只有些微的影響呢。既然已經知道結果，就先這樣吧。剩下麻煩聖小姐了。」

「好的！」

師團長射出的「聖光箭」直線射入沼澤。

沼澤看起來沒有變化，不過對於精通魔法的師團長而言，似乎並非如此。

然而，現在可沒時間給我詢問詳情。

因為剛才的魔法讓魔物發現我們，同時侵襲而來。

待在後方的魔導師趁騎士設法阻擋魔物的期間用魔法攻擊。

我則按照慣例，一面注意隊伍的情況，一面趁其他人幫忙處理魔物時準備施展「聖女的法術」。

這陣子用過好幾次，習慣了不少。

可是這並不代表不會害羞。

我感覺到臉頰微微發燙，集中精神，魔力自胸口湧現。

我並未加以抑制，就這樣讓它從體內溢出。

看著金色霧氣將黑色沼澤整個覆蓋住，我發動法術。

周圍瞬間染上一片純白。

過沒多久白光消散，金色粒子紛紛從天上飄落。

「看來成功淨化了。」

「不愧是聖，辛苦了。」

看來黑色沼澤和周圍的魔物都順利清除掉了。

魔物不見蹤跡，原本是黑色沼澤的地方，也變回跟前面的道路一樣的地面。

我向慰勞我的團長道謝，吁出一口氣。

這樣就能回去了，因此我們稍事休息，踏上歸途……

「咦！為什麼？」

看見不死系魔物出現，我不由得驚呼。

淨化完黑色沼澤後，經常會順便把附近一帶的魔物一起淨化掉，有時回程連一隻魔物都遇不到。

但並非完全不會遇到。

另外，淨化後過了一陣子，魔物會再度出現。

不過數量跟黑色沼澤出現前一樣。

說變回黑色沼澤出現前的狀態應該比較好懂。

因此，我本來以為這次也會恢復原狀。

如今卻冒出以前不會出現的不死系魔物，嚇了我一跳。

總之先消滅掉牠了，我內心的不安卻尚未平息。

「以前不是沒有不死系魔物嗎？」

「嗯。這裡出現的主要是土屬性魔物才對。」

儘管不至於不安，感到疑惑的似乎不只我一個，師團長也向團長確認。

團長同樣帶著疑惑的表情回答。

該不會是黑色沼澤出現，導致這座礦山變得會冒出不死系魔物了吧？

有地方跟這裡一樣，因為黑色沼澤的關係冒出新型魔物。

但不管是哪裡，淨化掉黑色沼澤後，新型魔物就不會再出沒。

毫無前例可循的狀況，令眾人擔憂不已。

「難道有其他原因？」

「其他原因？」

這句話雖然是無心之言，卻不是不可能。

要說其他原因的話，我第一個想到的是……

在我思考時，師團長開始發表意見。

「我能想到的原因是，會不會還有其他黑色沼澤？」

「這是最有可能的……但整座礦山都搜索完畢了，沒聽說有發現其他黑色沼澤。」

「這樣啊。」

師團長也跟我想到同樣的可能性。

然而礦山裡並未發現第二個黑色沼澤。

意思是在礦山外面嘍？

大家沉思了一會兒，卻得不出結論。

即使要制定今後的行動方針，最好等離開礦山再說。

畢竟以現在的狀況，搞不好會在想事情的時候遭到魔物襲擊。

最後，我們決定回聚落再想，重新朝礦山入口邁步而出。
就這樣，我們一面打倒在路上遇到的魔物一面前進。走到一半，我突然覺得腳怪怪的。
似乎是小碎石跑進鞋子裡面了。
本來想忍到走出礦山，然而每走一步石頭就會磨到腳底板，令人感到很在意。
嗯——下一場戰鬥結束後，趕快脫鞋把石頭拿出來好了？
「怎麼了？」
「啊，沒什麼，好像有石頭跑進鞋子裡了。」
「噢。那還真討厭呢。快拿出來吧。」
想著想著，團長發現我表情不太對勁，於是叫住了我。
雖然不想因為這點微不足道的私事害大家停下，但我快受不了了。
乖乖收下團長的好意吧。
我先跟大家道歉，用手撐著牆壁以脫掉鞋子。
就在這時，我聽見不吉利的喀嚓聲，身體同時失去平衡。
「咦！」
「聖！」
我急忙望向牆壁，釘在上面的木板掉了下來，從底下露出一個洞。

緊接著失去支撐的身體，就這樣墜入黑暗的空間裡。

◆

洞的另一邊是陡峭的下坡。

「好痛痛痛痛……」

不曉得我滾了多久。

過了一陣子，等到終於停下時，我辛辛苦苦地坐起身。

明明睜著眼睛，四周卻一片黑暗，看不見任何東西。

也聽不見任何聲音。

刺耳的寂靜支配周遭，害我擔心自己的眼睛和耳朵是不是出問題了。

不過眼睛和耳朵都不痛，可能性很低。

對了，摔下來前我聽見團長的聲音。

團長應該有看見我摔下來了。

他大概在擔心吧。

也許會馬上動身找我。

該不該大喊「我在這裡」？

本來有這個打算，我卻在吸氣時停止動作。

黑色沼澤已經淨化掉了，但這座礦山還有魔物。

現在附近好像什麼都沒有，萬一魔物聽見聲音跑過來怎麼辦？

我能憑一己之力打倒牠嗎？

這個想法突然浮現腦海，我決定閉上嘴巴。

雖說我會用專門討伐魔物的「聖女的法術」，若問我有沒有辦法在抵擋攻擊的同時發動法術，這我可沒自信。

儘管我的基礎等級在國內無疑是數一數二高，要靠肉搏戰打倒魔物感覺有難度。

那麼大聲吶喊應該不是好辦法。

接下來要怎麼辦呢……

思考一中斷，大腦就重新感覺到疼痛。

起初是掉在地上的衝擊導致全身上下都在悶痛，現在那一陣陣的悶痛感消退了，我發現有些地方在隱隱作痛。

看來滑下來的時候，有很多地方磨破皮了。

我到底受了多少傷？

就算想確認，這裡那麼暗，根本看不見自己的模樣。

要點燈嗎？

可是，亮光跟聲音一樣，感覺會引來魔物。

然而放著會痛的身體不管，縮成一團也怪怪的。

萬一有魔物襲來，肯定比平常的狀態更難對付。

既然如此，同樣都會遭受攻擊，不如確保視野清晰、治好傷口，生存率還比較高。

而且用魔法治療傷口時也會發光。

反正都會吸引魔物，最好點亮四周。

我下達結論，決定點燈。

提燈……沒帶在身上。

那就是用生活魔法的「光明」了。

雖然平常都是用提燈或油燈，不過我也用過幾次「光明」，因此不成問題。

啊，對了。

會不會跟師團長之前說過的一樣，只要一邊想一邊發動魔法，就能以亮度偏低的狀態點亮光芒？

調低亮度的話，說不定比較不容易被發現。

好，來試試看吧。
「『光明』。」
朦朧的光球憑空出現。
如我所料，飄在空中的球，亮度比魔導師在礦山入口召喚出得還低。
但也足夠用來檢查自身狀態了。
「啊！」
低頭一看，我忍不住發出沮喪的聲音。
衣服沾滿塵土，還一堆破洞，大概是勾到了什麼東西。
擦傷的部位當然被磨掉一大片皮。
光看就覺得疼痛加劇。
雖然現在顏色還沒變，等等可能會浮現瘀青。
趕快治療吧。
「『治癒』。」
我對自己施展恢復魔法，全身發出白色的光芒。
跟平常一樣，白光中還參雜金色的粒子。
光芒消失後，破皮的部位完全治好，身體也不再疼痛。

不適感消失令我鬆了口氣，於是再次環視周遭。

我現在所在的位置是T字路口，前後及左邊有路可走。

前後是狹窄平坦的道路，左邊則是陡峭的上坡。

這樣看來，我八成是從這條路摔下來的。

摔下來的期間我處於混亂狀態，所以沒什麼印象，從上方沒有任何光源這一點看來，這條路深處的部分搞不好是彎道。

那麼，該怎麼做呢？

比起繼續這樣單獨行動，回去原本的地方肯定比較好。

然而，我的計畫很快就宣告失敗。

我試著往左邊的道路前進，由於坡度太陡，走到一半就上不去了。

如果牆壁有地方可以抓，說不定爬得上去，可惜怎麼調查都沒發現。

我茫然地仰望上方，判斷站在這邊事態也不會好轉。

回去吧。

畢竟待在這兒，魔物來了也沒地方逃。

我將消沉的心情連同肺裡的空氣一起吐出，回到T字路口。

「唉——」

我該如何是好？

前後方雖然有路可走，總覺得離開這裡並非上策。

大家都看見我摔下來了。

他們應該也會制定計畫來找我。

萬一我移動了，到時會找不到人。

思及此，我抱著雙膝坐在牆邊。

他們多久會找到我呢？

掛在肩上的背包裡裝著藥水、簡單的急救包，還有糧食和水，應該可以撐一下。

幸好藥水和水壺都沒破，還可以用。

可是，如果得花上好幾天才能跟團長他們會合呢……？

在這種狀況下，思考不得不做的事情心情會比較平靜，於是我開始動腦。

但不曉得是因為周圍太暗，還是孤身一人的關係，一鬆懈下來就會往不好的方向想。

這樣不行。

我搖搖頭，趕走負面想法。

不過不逼自己想事情的話，感覺會引來更多負面情緒。

嗯——

改為思考討伐行動結束後不得不做的事，會不會比較好？

「想點其他事吧。」

我刻意說出口以轉換心情，思考回到王都後要做什麼。

例如外出討伐魔物前在研究所做的工作、準備在各領地的餐廳及咖啡廳販售用特產做的料理。

噢，千萬不能忘記。

還得做賣給第一騎士團的藥水。

想到這邊，我下意識嘆息出聲。

和第一騎士團一起討伐魔物後，他們也開始來跟研究所下藥水的訂單了。

做藥水在研究期間是轉換心情的好方法，他們訂的數量也比第三騎士團少，所以我並不排斥。

只不過，要送貨到第一騎士團的隊舍，讓我有點憂鬱。

理由是第一騎士團騎士們的態度。

他們對我絕對不差，不如說態度很好。

也沒有像討伐行動時一樣把我當成公主對待，或許是發現了我不喜歡被人捧在手掌心裡伺候。

每個人都與我保持非常舒適的距離感。
但跟他們相處時，我會莫名不自在。
和他們聊天會心神不寧，想要逃走。
我不明白到底是為什麼，總之因為這個理由，我不太想去。
明明用同樣的態度對待我的團長就沒關係。
不對，偶爾他逗我的時候，我會非常不自在，也會想逃走。
但那只是暫時的，不是想要躲他。
「為什麼呢？」
儘管嘴上這麼說，其實我知道原因。
我對團長抱持一定的好感。
是不是喜歡他則說不準。
我從來沒談過戀愛，因此無法確定。
因為我對團長的好感，並未強烈到跟在日本看過的書或電影描述得一樣，光跟他在一起就覺得胸悶、靜不下心，整天都在想他。
跟他相處是很開心沒錯，但也只有其他人和團長比起來有點不同的程度。
啊，不過……

「聖！」
咦？幻聽？
是因為我在想他嗎？
好像聽見團長叫我的聲音。
我慢慢抬起在東想西想的過程中，埋進兩腿之間的臉。
左顧右盼，沒有變化。
意思是在上面嘍？
我探頭窺探那條坡道緩緩起身，團長從那裡衝了出來。
「聖！沒事吧？」
「啊，霍克大……」
這句話沒能說完。
因為團長抱住了我。
剛開始，我還不知道發生了什麼事。
我看到團長的視線迅速掃過我身上，確認我平安無事。
也看到面色凝重的團長露出安心的表情。
接著他急忙走過來，我的上半身就被一陣溫暖包覆住。

三秒後，我意識到他緊緊抱住了我。
「太好了……」
並不好。
不對，還活著是很好。
嗯，太好了。
我在心中回答從耳邊傳來的團長聲音。
可是，我該怎麼辦？
聽說人類震驚過頭反而會變冷靜，這個理論好像不適用於我身上。
大腦一片空白，完全不知道該作何反應。
只感覺得到臉頰燙到不行。
那個——我到底該怎麼辦？
若對方是朋友，這種時候我應該會盡情享受那強壯的胸肌。
呃，等一下！
我在想什麼啊！
是要享受什麼！
冷靜點！

大腦毫不冷靜，亂成一團。在我逃避現實時，團長身後傳來疑惑的聲音。

「找到她了嗎？」

我因這道聲音猛然回神，抱我抱得有點痛的手臂也鬆了開來。

我趁著離開的間隙往發燙的臉頰搧風。

會捨不得他的體溫離開，一定是因為這裡很冷。

肯定沒錯。

「噢，太好了。聖小姐沒事。」

「讓您操心了。」

團長讓到旁邊，因此我看見從後面走來的人們。

跟我說話的是師團長，看見我沒事，他難得露出安心的表情。

我假裝沒發現後面的騎士們在奸笑。

為了轉換氣氛，我向他們打聽我摔下來後發生了什麼事。

在那之後，團長似乎馬上打算跳進洞裡。

其他騎士制止了他。

一名騎士從當下的狀況發現木板另一側的岔路是陡峭的下坡，建議確定有路可以回來再下去。

失去冷靜的團長差點立刻駁回，但他很快就冷靜下來。
他贊成那位騎士的建議，在岔路垂下一條繩子，沿著它走過來。
為此似乎花了一些時間做準備。
「哎，團長表面看來恢復鎮定了，其實內心應該緊張到不行。」
「喂！」
制止團長的大概就是這位騎士。
他笑咪咪地說明情況並在最後補上一句，然後被驚慌失措的團長下達封口令。
我也好想吐槽一句：「虧人家在幫忙轉換氣氛耶。」
「話說回來，這裡是哪裡呀？」
這次我換成詢問現在的所在位置，再度試圖轉換氣氛。
前後方的道路比原本的坑道更細，卻呈現一直線，怎麼看都不是自然形成的。
「恐怕是其中一條廢棄的坑道。」
「啊——原來如此。」
團長儘管回答了我，但他好像也不太確定。
他基於推測說出的答案，是一般礦山的情況。
這個世界跟原本的世界一樣，得實際挖過才知道哪裡有礦石。

因此礦工會遵循一定的法則開採礦山，其中似乎也有因為某些原因不再使用的坑道。

有時會用木板等道具堵住，避免有人不小心闖入。

當然，前方有通道之類的資訊，也會在木板上做記號告訴人。

不曉得我弄壞的木牆上面有沒有記號。

然而，前面的道路看起來不像自然形成的，大家才會推測是以前挖的坑道之一。

「怎麼了？」

「沒有，只是有點好奇前面有什麼。」

是因為跟大家會合，使我放下心來了嗎？

現在的我有多餘的心思注意周遭。

既然團長都不知道了，應該不會有人知道這條坑道的存在。

不如說沒人記得？

若有人記得這條坑道，理應會跟其他坑道一樣由騎士團調查，並且向團長報告。

這樣的話，表示這條坑道尚未調查過。

我個人認為是巧合，可是淨化掉黑色沼澤後依然有不死系魔物出沒也好，發現未調查的坑道也罷，這麼多巧合湊在一起，身為日本人實在無法不介意。

是不是立旗了？

因此，雖然希望不會有這種事，我實在很好奇這條坑道前方是不是有什麼東西。

或許是因為我在注意前後方的道路，團長開口詢問。

「純粹是直覺啦，應該不會有東西。」

「不不不，直覺很重要。」

得知我沒來由地在意這條道路的前方，師團長的表情轉為興奮。

我急忙辯解，可惜為時已晚。

師團長的好奇心被點燃，想到前方探訪。

這樣傷腦筋的會是團長。

考慮到安全因素，最好先回去一趟再來調查。

團長應該也有此意。

他正神情凝重地沉思著。

因我而起的事態，導致愧疚感從心頭湧上。

「考慮到回程所花的時間，我們只能再待在這裡兩小時。總不能在毫無準備的情況下於礦山內部紮營。」

「……是啊。那就在時間允許的範圍內進行調查吧。」

聽見團長這句話，師團長想了一下，然後點頭說道。

本以為師團長會直接講明他想調查，所以我有點意外。
若要在天黑前回到礦山入口，最好快一點。
看來大家想得都一樣，團長他們立刻開始討論調查方針。
在他們商量的期間，有幾個人先去前後方的通道探了一下路。
回來的人說，其中一條路走得越前面，臭味就越重。
怎麼聽都很可疑。
聽完部下的報告，團長和我相互對視並點點頭。
「去味道會變重的那條路看看吧。」
「嗯，感覺有什麼東西。」
師團長贊成團長的提議，眾人立刻繃緊神情。
就這樣，我們前進了三十分鐘。
我因逐漸變濃的刺鼻臭味皺著眉頭，看見一個寬敞的洞穴。
洞穴的地面上是比我剛才淨化的那一個更加巨大的黑色沼澤，大量的魔物從中湧出。
當然全是喪屍。
幸好坑道位在空洞上方的遠處，目前沒有魔物注意到我們。
雖說如此，遲早還是會被發現吧。

能淨化的話最好快一點。
我決定立刻動手，準備站上前掌握整個黑色沼澤的狀態。
可是，一名騎士不知為何阻止了我。
為什麼？
答案很快就揭曉了。
「看！」
「哇！」
騎士輕聲說道，我順著他所指的方向看過去，黑色沼澤的表面在冒泡。
起初只是小小的泡沫，接著逐漸變化成巨大的物體。
就在這時，我的身體被人一把拉到後方。
「是魔物嗎？」
「未免太大了。」
和我交換位置的團長看著黑色沼澤嘟噥，從團長身後探出頭的師團長表示否定。
兩人緊接著瞪大眼睛。
「是龍，而且還是喪屍。」
「狀況不妙。」

水面劇烈震動，從沼澤底部浮出來的，是外形獨特的巨大魔物。

龍。

原來這個世界有龍。

雖然還沒被牠發現，人稱最強種的魔物登場導致我背脊發涼。

「我們撤退吧。」

「不，假如有辦法淨化，我們就試試看吧。都有魔物湧出來了，放著不管會釀成嚴重的災情。」

「可是！」

「最好趁牠還沒注意到這邊的時候發動攻擊。那種等級的魔物，連我都對付不了。」

團長面向後方，叫大家撤退，聽見師團長這番話，難得大聲咂舌。

「聖小姐，可以請妳從那個位置淨化嗎？」

「站在這裡會看不見沼澤……」

「請努力想像。」

「太強人所難了吧！」

「總會有辦法的。別擔心，妳的魔力比我們的魔力更加自由。」

「唔！」

「而且，站太前面會有危險。」

「咦？」

「看來花太多時間了。」

師團長話剛說完，地面就伴隨一聲巨響搖晃。

下一刻，從未聽過的咆哮聲響徹四周，我忍不住摀住耳朵。

咦，發生什麼事了！

我環視四周，站得比我前面的騎士都面色凝重瞪著下方。

「牠發現我們了。」

「啊——聖。交給妳了。下面有個張大嘴巴的傢伙。」

「那該不會是屍龍吧？」

「也可以這麼說。」

「牠在撞下方的岩壁。不快一點的話，搞不好會崩塌。」

「那不是很危險嗎！」

聽見站在前線的騎士們的對話，我嚇得臉色發白。

我急忙做了個深呼吸，集中注意力以發動魔法，卻因為太緊張的關係無法專注。

怎麼辦？

這段期間，地面仍在發出巨響震動。

每晃一下，塵土就從上方掉下來，害我更加著急。

這時，跟平常一樣於胸前交握的雙手，忽然被一股溫暖包覆住。

我睜開緊閉的雙眼，一雙大手握住了我的手。

我的視線沿著那雙手往上移，團長面帶一如往常的笑容。

「別怕，冷靜下來。」

「對啊。有我們保護妳，請放心。」

師團長接在團長後面說。

我望向前面，師團長對下方用了好幾次上級魔法。

他面前還有一道不知道是誰用魔法做的土牆。

再往旁邊一看，除了團長，騎士們也守在我身邊，在和我對上目光時展露微笑。

「謝謝大家！我要上了！」

不在這時拿出骨氣就太丟臉了。

現場的氣氛導致我不小心產生這個念頭，氣勢十足。

我重新集中注意力，這次胸口深處順利湧現平常那股魔力。

團長握住我的手也起到了很好的輔助效果。

魔力似乎比空氣還重，像乾冰一樣貼著地面流動，從坑道前方流進洞裡。
過沒多久，巨龍響亮的咆哮聲傳來。
「以魔力的狀態無法淨化，推測是因為體積太大。」
「可是看起來多少有點效果。」
正在窺探下方的師團長及騎士描述著屍龍的狀態。
弱小的魔物光碰到金色魔力就會被淨化，換成龍卻沒那麼容易。
不過流下去的金色魔力，似乎還是對龍造成了一定的傷害。
地震的頻率變高了一些，感覺起來像遭受攻擊的龍在掙扎所導致的。
不行。
雖然成功命中目標讓我有點得意，照理說還不夠。
必須繼續釋放魔力，然後填滿這個空洞才行。
「聖小姐，差不多了！」
我心不在焉地聽著戰鬥情報，一面集中注意力，過沒多久，師團長下達指令。
看來魔力填滿洞穴了。
敵人是龍，而且還是喪屍。
我比平常還要鼓足幹勁，祈禱能將洞裡的一切全都淨化，發動「聖女的法術」。

接著將眼睛睜開一條縫，看見洞穴被白光吞沒。
在同一時間傳遍四方的，大概是屍龍的慘叫聲。
白光消散後，地面便停止震動，也聽不見龍的叫聲了。

後記

大家好，我是橘由華。

這次非常感謝各位翻閱《聖女魔力無所不能》第七集。

託各位的福，第七集也在諸般努力中成功出版了。這都要多虧平時一直給予支持的各位讀者。謝謝大家。總覺得我每集都在喊情況不妙，但我強烈覺得每次不妙度的達標線都在提升（降低？）。總而言之，拜大家的幫助所賜，本書好不容易送到各位手中，真是太好了。真的一直以來都非常感謝。

角川BOOKS的W責編，這次也給您添了許多麻煩，我誠心感到抱歉。我在中途差點灰心喪志，多虧W責編正面樂觀地給予我鼓勵，我才總算堅持了過來。謝謝您。煩惱的時候您也願意陪我一起思考，給予我非常大的幫助。與本書相關的其他人士也是，真的很感謝大家。另外，這次也給各位造成麻煩了，真的十分抱歉。

那麼，大家還喜歡第七集嗎？從這裡開始會透露一些劇情，還沒看過正篇故事的讀者可以先看完再回來。

寫第六集的時候，傳染病在全世界蔓延，開始寫第七集時，疫情似乎還沒平息，大家還好嗎？我還是老樣子一直窩在家裡，再加上勤洗手的關係，目前尚未染疫。第六集做出了萬能藥，但願在現實世界也能早日讓大家打到疫苗、開發治療藥，恢復原本能自由外出的生活。好想去旅行……

第七集也有天宥殿下的故事，但不是因為病情仍在蔓延就是了。想說明各種事情的慾望不小心克制不住，導致我寫了史上最長的幕後章節。偷偷跟大家說，寫到一半我還覺得怎麼寫都寫不完，為此感到恐懼。為什麼設定會一直從腦海裡冒出來……拜其所賜，封塵的設定又復活了，或許該慶幸吧？我又多出了想講的故事，希望之後還有機會寫迦德拉的故事。

說到寫不完，不只幕後，正篇故事也是呢。刊在網路上的部分我通常都是以一話三千字為目標在寫，這次卻有許多話超出字數。寫到兩千五百字左右還沒把想交代的劇情寫完時，我越來越著急，等到超過三千字的時候已經看開了。跟第六集為止的情況正好相反，我想是因為之前學到的教訓，讓我的大腦停止踩煞車，因此第七集每話的字數會稍微多一些。

第七集依然是由珠梨やすゆき老師負責繪製插畫。感謝您這次也繪製了非常棒的插畫。這集的封面是久違的聖和團長，而且氣氛超棒！溫柔地凝視聖的團長令我激動不已。彩頁的聖髮型也不太一樣，還穿著和平常的服裝截然不同的禮服，我看得很開心。聖好可愛喲，聖。美味的料理也不能忘記呢。我到現在還記得看稿時剛好在吃飯前，肚子餓到不行。恢復和平後，想跟珠梨老師一起去吃好吃的東西……

漫畫版也同樣進展得很順利。好像有許多讀者很滿意，真是感激不盡。給予支持的各位自不用說，藤小豆老師及其他相關人員我也非常感謝。謝謝大家一直以來的關照。漫畫終於進入克勞斯納領篇了，現在應該正好連載到抵達領地的那部分。新角色也會登場，我相當期待藤老師會畫成什麼模樣。

對了、對了。漫畫單行本第五集發售時，出了附贈聖的印象香水的DX包，下一集第六集好像也會出（註：本文提及的內容皆為日本當地的販售狀況）。這次竟然是附贈團長的印象香水！也有讀者希望出男角的印象香水，很高興能回應他們的需求。前陣子剛決定好香味，是男女性都可以用的味道。到時會在角川BOOKS的官方網站公告，有興趣的讀者敬請關注官網。

第六集到第七集發售的期間，外傳漫畫《聖女魔力無所不能～另一位聖女～（暫譯）》也開始連載了。這部作品是以愛良妹妹為主角，描繪正篇故事沒提到的愛良妹妹視角的故事，也有她加入宮廷魔導師團後的部分，漫畫家是亞尾あぐ老師。劇情是由亞尾老師親自構思的，要在能看的資料只有原作小說的瞎子摸象狀態從頭想劇情想必很辛苦。每次檢查大綱及分鏡，請老師修正的時候，我都充滿愧疚感。對於願意接下這件苦差事的亞尾老師，我只有滿心感謝。當然，我也一直都很感謝各位相關人士。多虧寬容的亞尾老師及支持這部作品的各位，單行本第一集也順利發售了。真是感激不盡。

絕讚好評熱銷中的漫畫版和外傳漫畫，目前在網路漫畫刊登網站ComicWalker、Pixiv Comic和NicoNico靜畫等地方連載中。部分內容可供免費閱覽，有興趣的人請務必去看看。

話說回來，我在第六集告知了動畫化的消息，動畫會順利在四月開播。開播前有在網路及社群網站公布製作陣容等資訊，大家看到這麼豪華的陣容似乎很驚訝。能讓如此豪華的陣容製作這部作品的動畫，也是多虧一直支持我的讀者們，謝謝大家。

各位看過由豪華製作陣容製作的動畫了嗎？寫這篇後記的時候還沒開始播，不知道大家會不會喜歡，因此我很緊張。為了將最好的效果呈現給觀眾，動畫版有經過改編的地方，不過基本上都跟原作一樣。製作組以「工作累了一天，回家後能在睡前看，得到治癒的故事」為目標在做這部動畫，所以我想喜歡原作的人也會看得開心。

動畫當然會在電視上播放，在各個動畫平臺也能收看，有興趣的人請務必關注。

最後，感謝大家一路閱讀到這裡。疫情尚未平息，還請大家務必保重身體。我也會注意身體健康，努力讓第八集能夠送到每位讀者手上。希望近期內還能與各位再會。

COSTUME CHANGE

新繪插圖

插畫：珠梨やすゆき

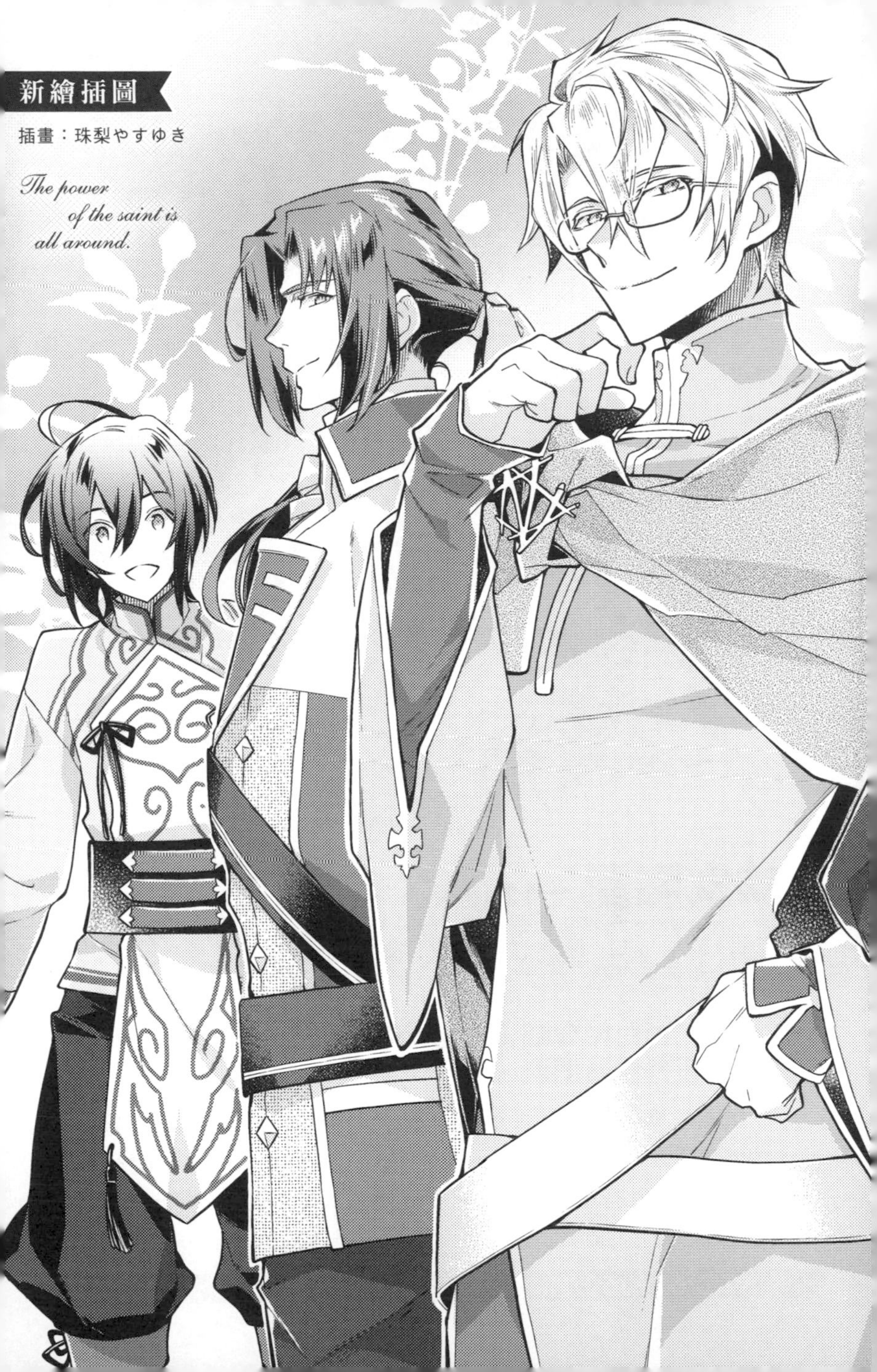
The power
of the saint is
all around.

幼女戰記 1~12 待續

Kadokawa Fantastic Novels

作者：カルロ·ゼン　插畫：篠月しのぶ

世界啊，刮目相看吧！膽顫心驚吧！
我──正是萬惡淵藪。

歷經愛國心的潰壞，以及殘酷現實的擁抱，傑圖亞正試圖架構一個成為「世界公敵」的舞台。比起語言、比起理性，單純地帶給世界衝擊。身為連逃奔死亡也做不到的參謀本部負責人，傑圖亞所圖的，是「最好的敗北」……

各 **NT$260~360/HK$78~110**

邊境的老騎士 1~4 待續

Kadokawa Fantastic Novels

作者：支援BIS　插畫：菊石森生　角色原案：笹井一個

美食史詩的奇幻冒險譚第四幕！
老騎士巴爾特抱著赴死的決心迎戰不死怪物──

巴爾特接下指揮由帕魯薩姆、葛立奧拉及蓋涅利亞三國組成的聯合部隊，前往剿滅魔獸群的命令。這或許是個適合他的使命，不過他必須率領的是一群底細未知的聯軍，他們會願意服從巴爾特的指揮嗎？又是否能與強大的魔獸群對抗呢？

各 **NT$240~280/HK$75~93**

異世界悠閒農家 1~8 待續

作者：內藤騎之介　插畫：やすも

Kadokawa Fantastic Novels

獸人族三人組在魔王國學園大顯身手！
火樂的農業生活也漸漸發展中！

新登場的妖精女王與不死鳥使得「大樹村」一如往常地熱鬧。此時在村裡長大的獸人族男孩戈爾、席爾與布隆三人到魔王國首都的貴族學園就讀。帶著不安開始學園生活的三人，又是被高年級糾纏，又是引出貴族們的家長，接二連三引起大風波！

各 **NT$280~300/HK$93~100**

因為不是真正的夥伴而被逐出勇者隊伍，流落到邊境展開慢活人生 1~7 待續

Kadokawa Fantastic Novels

作者：ざっぽん　插畫：やすも

人類與魔王軍正戰得如火如荼時，
遠離最前線的邊境之地情勢緊張！

佐爾丹收到來自維羅尼亞王國的宣戰布告，並且就此開戰。儘管雷德曾經選擇離開戰場，為了守護迎來空前危機的佐爾丹以及他深愛的人們，他決定再次舉劍奔向戰場！另外，輾轉流徙的英雄們匯集在盡是不祥氛圍的戰場上，最後究竟會目睹到什麼呢？

各 **NT$200~240/HK$67~80**

打工吧！魔王大人 1~21（完）

Kadokawa Fantastic Novels

作者：和ヶ原聡司　插畫：029

日本2021年宣布製作第二季電視動畫！
打工魔王的庶民派奇幻故事大結局!!

魔王與勇者一行人前往天界挑戰神明的滅神之戰最後將會如何發展!?勇敢追愛的千穗可否獲得幸福!?優柔寡斷的真奧到底情歸何處!?這群來自異世界的人能否繼續在日本安身立命過著安穩的生活呢!?平民風格的奇幻故事，將迎來感動的結局！

各 **NT$200~300／HK$55~100**

八男？別鬧了！ 1~17 待續

Kadokawa Fantastic Novels

作者：Y.A　插畫：藤ちょこ

威爾的老婆們都順利生下小嬰兒
然而貴族的孩子剛出生就得訂婚!?

艾莉絲順利生下兒子，威爾一進房間就發現自己的孩子在閃閃發光，原來小嬰兒一出生就有魔力！之後其他孩子也接連誕生，威爾大感欣慰之餘，但又為了孩子才剛出生就得訂婚等麻煩事挫折不已。為您送上貴族家生小孩種種酸甜苦辣的第十七集！

各 **NT$180~240/HK$55~80**

國家圖書館出版品預行編目資料

聖女魔力無所不能 / 橘由華作 ; 李靜瑄譯 . -- 初版 .
-- 臺北市 : 臺灣角川股份有限公司 , 2021.12-
冊 ; 公分 . -- (Kadokawa fantastic novels)
譯自 : 聖女の魔力は万能です
ISBN 978-626-321-043-1(第 7 冊 : 平裝)

861.57 110017679

Kadokawa Fantastic Novels

聖女魔力無所不能 7

（原著名：聖女の魔力は万能です 7）

2021年12月20日 初版第1刷發行
2023年11月3日 初版第2刷發行

作　者：橘由華
插　畫：珠梨やすゆき
譯　者：李靜瑄
發行人：岩崎剛人
總編輯：蔡佩芬
編　輯：彭曉凡
美術設計：李思穎
印　務：李明修（主任）、張加恩（主任）、張凱棋

發行所：台灣角川股份有限公司
地　址：104台北市中山區松江路223號3樓
電　話：（02）2515-3000
傳　真：（02）2515-0033
網　址：www.kadokawa.com.tw
劃撥帳戶：台灣角川股份有限公司
劃撥帳號：19487412
法律顧問：有澤法律事務所
製　版：尚騰印刷事業有限公司
ISBN：978-626-321-043-1